Håkan Lindquist

PAUL, MEIN GROSSER BRUDER

Håkan Lindquist wurde im schwedischen Oskarshamn geboren, wo auch einige seiner Romane und Novellen spielen. 1993 veröffentlichte er den Roman »Min bror och hans bror«, der inzwischen in viele Sprachen übersetzt ist und im Deutschen unter dem Titel »Paul, mein großer Bruder« ein großer Erfolg wurde. 1996 folgte der Roman »Dröm att leva«, der 2008 im Bruno Gmünder Verlag unter dem Titel »Ein Traum vom Leben« erschien, 2003 »Om att samla frimärken« (deutsch: »Der Briefmarkensammler«, erschienen 2010 bei Bruno Gmünder). Seinen vierten Roman »I ett annat land« (2006) (»In einem anderen Land«) verfasste er bei einem Berlinaufenthalt im Jahre 2005. Ebenfalls in Berlin entstand sein Roman »Regn och åska« (»Regen und Gewitter«), der Anfang 2011 veröffentlicht wurde. Augenblicklich arbeitet er an seinem sechsten Roman.

Håkan Lindquist ist der Autor diverser Kurzgeschichten, Artikel und eines Opernlibrettos mit dem Titel »William« Das Werk ist ein Gedankenspiel über William Shakespeare und Christopher Marlowe. Seine Werke sind in vielen Sprachen übersetzt worden. Håkan Lindquist lebt in Stockholm und Berlin. Mehr Infos über den Autor – auch in deutscher Sprache – gibt es unter: http://hakanlindquist.blogspot.com. Die E-Mail-Adresse des Autors lautet: hlq@comhem.se

Håkan Lindquist

Paul, mein großer Bruder

Aus dem Schwedischen von Carsten Neumann

BRUNO GMÜNDER VERLAG

Paul, mein großer Bruder

Kleiststraße 23-26, D 10787 Berlin
info@brunogmuender.com

Originaltitel: Min bror och hans bror

Aus dem Schwedischen von Carsten Neumann

Umschlaggestaltung: Frank Schröder

Printed in South Korea

ISBN: 978-3-86787-083-2

»Die Ewigkeit liebt alles,
was die Zeit hervorbringt.«

William Blake
»The Marriage of Heaven and Hell«

EINS

502 Tage liegen zwischen deinem letzten und meinem ersten Tag. Trotzdem, irgendwie bist du mir immer nahe gewesen.

Mein erstes eigentliches Bild von dir ist das Schulfoto, das immer auf dem Fernseher im Wohnzimmer stand. Du bist ein dreizehnjähriger Junge, der meiner Mama ähnlich sieht. Dein Haar ist ziemlich lang, schön gekämmt und dunkel. Genau wie das von Mama. Du lachst nicht auf dem Bild. Du siehst mich nicht an, sondern blickst starr auf irgendetwas weit hinter der Kamera und den Klassenkameraden. Ich bin ein fast dreijähriger Junge, der vor dem Fernseher steht und zu deinem Foto hinaufschaut. Die Balkontür neben mir steht offen, einige Schneeflocken suchen ihren Weg in die Wärme und fliegen wirbelnd um dein Bild, bevor sie zu Boden sinken und schmelzen.

»Wer ist das?«, frage ich meine Eltern.

»Das ist dein Bruder«, antwortet Mama und schließt die Balkontür. »Das ist dein Bruder Paul.«

»Er ist gestorben, bevor du geboren wurdest«, erklärt Papa.

Ich friere nur und bin viel zu klein, um das zu verstehen.

Ich schaue das Foto von dir an. Manchmal – wenn ich traurig bin – finde ich, wirkst du auch traurig. Wenn ich fröhlich bin, bilde ich mir ein, ein geheimnisvolles Lächeln um deine Lippen zu sehen.

Ich betrachtete das Foto; ich konnte nicht verstehen, dass du mein Bruder warst und tot bist. Der Gedanke war viel zu abstrakt für mich. Meine Familie bestand aus Mama, Papa und mir. Du warst damals nur ein Gedanke. Oder – vielleicht – eine Sehnsucht.

Als ich etwas älter war – ich muss gerade mit der Schule angefangen haben –, begann ich, meine Eltern über dich auszufragen. Ich wollte wissen, wer du warst, was du getan hast, mit wem du gespielt hast. Du musstest doch gespielt haben, Paul; du bist doch noch ein Kind gewesen, als du starbst.

»Paul war so ein guter Junge«, erzählte Mama, und ihre Stimme klang genauso, wie wenn sie mir Märchen vorlas. »Er war so fleißig. Er malte und zeichnete gern. Alle mochten ihn. Die Lehrer in der Schule. Seine Klassenkameraden. Und die Kinder hier in der Straße. Alle mochten ihn. Und alle waren traurig, als er starb.«

»Waren alle Klassenkameraden auf der Beerdigung?«, fragte ich.

»Nein. Nicht alle. Nur einige seiner besten Freunde. In der Schule hatten sie schon eine Gedenkstunde abgehalten. Die fand einen Tag vor der Beerdigung statt. Trotzdem war die Kirche bis auf den letzten Platz gefüllt.«

»Woran ist er gestorben?«

»Das weißt du doch«, sagte sie langsam. »Das habe ich dir schon hundertmal erzählt.«

»Bitte«, bettelte ich. »Ich will, dass du es noch einmal erzählst. Ich will es hören.«

»Er wurde von einem Zug überfahren und war sofort tot«, sagte sie kurz. »Es ging alles sehr schnell.«

»Nein«, sagte ich. »Nicht so. Erzähl wie immer.«

»Paul ging gern im Wald spazieren«, fing sie an. »Ihm machte es großen Spaß, die Tiere und Pflanzen zu beobachten, und er hoffte immer, irgendeinem wilden Tier zu begegnen …«

»Hat er irgendwann mal junge Füchse gesehen?«, unterbrach ich sie.

Mama lächelte.

»Ja, eines Morgens, als er richtig früh unterwegs war. Ich und Stefan wachten gerade auf, als Paul zurückkam. Er lachte und rief nach uns, sobald er durch die Tür war. ›Wacht auf! Wacht auf!‹, rief er. Dann kam er in unser Schlafzimmer. Er setzte sich auf die Bettkante und erzählte von den jungen Füchsen.«

»Wie alt war er da?«

»Elf oder zwölf, schätze ich mal. Und er erzählte von seinem Waldspaziergang. Er hatte sich auf einen alten, umgestürzten, völlig morschen Baumstamm gesetzt, als er plötzlich ein jaulendes Geräusch hörte. Erst hatte er Angst, erzählte er, doch dann war die Neugier größer. Paul kletterte also auf einen großen Steinblock, um besser zu sehen. Und um besser geschützt zu sein, nehme ich an. Und dort, genau unter dem großen Felsen, sah er drei kleine süße Füchslein, die vor ihrem Bau spielten.«

»Da war Paul wohl glücklich?«

»Ja.« Mama klang etwas traurig. »Da war er wirklich glücklich.«

»Und wie ging es weiter?«, wollte ich nach einer Pause wissen.

»An dem Tag, als er starb, war er im Wald unterwegs«, fuhr meine Mama schließlich fort. »Am Morgen, beim Frühstück, erzählte er, dass er einen langen Waldspaziergang machen wollte. Er hoffte, dass er irgendetwas Neues entdecken würde, etwas, das er vorher noch nie gesehen hatte. Ich machte ihm einige Brote und gab ihm eine Thermoskanne mit. Bevor er ging, erinnerte ich ihn an den Kompass. Für den Fall, dass er sich im Wald verirrte. Der Wald auf der anderen Seite des Weges ist nämlich sehr groß, verstehst du.«

»Was ist dann passiert?«

»Dann … dann hat Paul etwas sehr Gefährliches getan. Etwas, das du niemals tun darfst. Denk immer daran! Er ging nämlich hoch auf den Bahndamm. Und als der Zug kam, muss er in Gedanken versunken gewesen sein, vielleicht hat er einem Tier nachgejagt oder irgendetwas. Jedenfalls hat er den Zug nicht gehört und wurde überfahren. Und ist gestorben.«

»Hat es wehgetan?«, fragte ich.

Mama schüttelte den Kopf. »Ich glaube nicht. Es ging so schnell. Da spürt man nicht mehr, ob es wehtut oder nicht.«

Nach einer Weile erzählte sie weiter, aber ihre Stimme klang anders. »Es war der 21. Juli des Jahres, bevor du geboren wurdest«, sagte sie. Es klang, als würde sie es sich selbst erzählen. »Es war übrigens derselbe Tag, an dem sie zum ersten Mal den Mond betraten. Ich erinnere mich, dass ich am Vormittag etwas unruhig war. Irgendwie besorgt. Stefan stand in der Küche und machte den Abwasch. Er hörte Radio. Er sang ein Lied mit, das sie in jenem Sommer ziemlich häufig spielten. *It's the time of the season when your love runs high* … Und dann läutete es plötzlich an der Tür. Ich öffnete. Draußen standen zwei Polizisten. Sie baten darum, hereinkommen zu dürfen.

Erst als wir alle vier in der Küche standen, begriff ich, warum sie gekommen waren. ›Ist etwas mit Paul passiert?‹, fragte ich. Der eine Polizist schaute auf den Boden. Der andere nickte und sagte: ›Ihr Sohn ist in einen sehr schweren Unfall verwickelt gewesen.‹ Ich habe nicht richtig begriffen, was er sagte. Das Radio spielte immer noch. Und während er fortfuhr und erzählte, dass Paul gestorben wäre, habe ich geschrien: ›Kann denn niemand dieses verdammte Radio ausmachen!‹ Dann wurde es unheimlich still. Das Einzige, das man hörte, war Stefans Schluchzen.«

Nachdem Mama ihre Erzählung beendet hatte, war die Wohnung nicht mehr wie vorher, sie wirkte anders. Fast unwirklich.

Man stelle sich vor, ich hatte einen Bruder gehabt, der hier gelebt hatte, der in dieser Wohnung herumgelaufen war. Einen Bruder, der mit meiner Mama und meinem Papa gesprochen hatte, der gelacht und hier in unserer Wohnung gespielt hatte. Man stelle sich vor, ich hatte einen Bruder gehabt, der in dem Zimmer gelebt hatte, das jetzt mir gehört.

Als ich noch klein war, habe ich das Foto von Paul immer vom Fernseher heruntergenommen. Ich studierte es genau; hielt es vor meine Augen und versuchte, etwas Neues zu entdecken, etwas, das ich vorher nicht gesehen hatte. Manchmal nahm ich das Foto mit in mein Zimmer, damit *er* es sehen konnte, damit *er* es wiedererkennen konnte. Ich hatte nämlich nicht nur Pauls Zimmer geerbt; ich hatte auch seine Möbel, Spielsachen und Bücher übernehmen müssen; selbst einen Teil seiner Kleidung musste ich auftragen.

Als ich lesen und schreiben lernte, machte ich immer kleine Notizen über meinen Bruder. Hier und da kann ich noch immer kleine Anmerkungen in unbeholfenen Buchstaben und Zahlen finden.

Paul bis Jonas 502 Tage.

Oder: *Es sind 12048 Stunden zwischen uns.*

An den Rand meines Englischbuches der siebten Klasse hatte ich geschrieben: *You are seventeen months away.*

Ich erinnere mich nicht an alles, was ich über Paul gedacht hatte, als ich klein war; ich erinnere mich nur daran, dass ich häufig an ihn dachte und dass es häufig so wirkte, als sei er anwesend. Manchmal verschmolzen wir zu einer Person. Es schien, als ob *ich* schon damals *er* gewesen sei, bereits während *seines* Lebens. Als sei *ich* es gewesen – in einem Traum oder einer verschwundenen Zeit – , der die jungen Füchse, die vor ihrem Bau spielten, an diesem frühen Morgen gesehen hatte; *ich* bin es gewesen, der viel zu beschäftigt damit war, den großen Wald jenseits des Weges zu beobachten, um den herannahenden Zug zu entdecken. *Ich* bin es gewesen, der starb. *Ich* bin es gewesen, der siebzehn Monate später wiedergeboren wurde – man könnte fast sagen – auferstanden ist. Und trotzdem ist es die ganze Zeit er gewesen, Paul.

Manchmal wünsche ich, ich hätte Tagebuch geführt, als ich jung war. Die schriftlichen Beweise über die Nähe meines Bruders während meiner Kindheit beschränken sich auf die Zettel und Notizen, die von der Zeitspanne erzählen, die unser beider Leben trennt.

Als ich geboren wurde, waren 722880 Minuten vergangen.

Dann hörte ich auf, Zettel über Paul zu schreiben. Ich dachte zwar nach wie vor an ihn, aber er wirkte nicht mehr so nahe. Es schien, als würde er langsam verblassen. Aber dann geschah etwas, das ihn wieder zurückbrachte.

Es war einige Tage vor den Sportferien in der Achten. Ich hatte mich zu einem Tischtennisturnier in der Schule angemeldet, aber ein paar Tage vor meinem ersten Spiel schaffte ich es, meine Kelle kaputt zu schlagen.

»Verdammt!«, schimpfte ich sauer und schaute auf den zerborstenen Griff. »Und ich kann mir keine neue leisten. Verdammt!«

Als ich nach Hause kam, war Papa müde und gereizt. Er saß im Wohnzimmer und las eine seiner Angler-Zeitungen. Ich zeigte ihm die Kelle und erzählte, was passiert war.

»Du bist zu nachlässig«, sagte er verärgert. »Wie kriegst du es bloß immer hin, alles kaputt zu machen?«

«Das stimmt doch gar nicht. Warum sagst du so etwas?«

»Schluss jetzt! Siehst du nicht, dass ich lese?«

»Aber, Papa«, bettelte ich und versuchte nicht sauer zu klingen. »Ich will doch am Schulturnier teilnehmen. Da brauche ich ja wohl eine Kelle, um mitzuspielen, oder?«

»Daran hättest du vorher denken sollen.«

»Wie hätte ich daran denken sollen? Es war doch ein Unfall. Kann ich keine neue bekommen?«

»Nein!«

»Warum nicht?«

»Weil das zu viel kostet. Wenn du eine neue haben möchtest, kannst du sie dir selbst zusammensparen. Ich werd doch nicht für deine Nachlässigkeit bezahlen.«

Ich war gerade dabei, das Gespräch mit irgendetwas Bösem und Gemeinem zu beenden, als Mama aus der Küche rief: »Du, Jonas.« Sie beugte sich zu mir runter, als ich bei ihr war und flüsterte fast: »Das renkt sich bestimmt schon wieder ein.«

»Und wie?«

»Du«, sagte sie und legte mir ihre Arme um die Schultern, »es gibt eine oder zwei Kellen auf dem Dachboden. Wenn du Glück hast, sind sie noch in Ordnung. Ich glaube, die tun es noch so lange, bis du dir eine neue kaufen kannst.«

»Auf dem Dachboden? Wem gehören die denn?«

Sie griff nach dem Dachbodenschlüssel, der hinter der Küchentür hing.

»Es waren Pauls«, sagte sie. »Er war richtig gut beim Tischtennis. Er und Daniel haben immer gemeinsam gespielt. Daniel hatte ja eine eigene Tischtennisplatte in seinem Keller.«

»Daniel hat eine Tischtennisplatte? Das wusste ich gar nicht.«

»Na ja, damals hatte er zumindest eine. Ich weiß nicht, ob er die noch hat. Jetzt kann er ja sowieso nicht mehr spielen.«

»Warum nicht?«

Sie lachte auf und sah mich erstaunt an. »Was ist denn los mit dir, Jonas? Ist es dir vielleicht entgangen, dass Daniel seit zwei, drei Jahren an Krücken geht?«

Ich errötete und schüttelte den Kopf.

»Nein, daran habe ich nicht mehr gedacht.«

Daniel war ein Jugendfreund meiner Mama. Als ich klein war, ist er immer mein Babysitter gewesen. Es hatte mich überrascht, als er plötzlich an Krücken bei uns aufgetaucht war. Er war schließlich ein Jahr jünger als Mama. Und sah noch jünger aus. Noch überraschter war ich, als ich den Grund für seine Behinderung erfuhr.

Mein Papa – der von Daniels Nähe zu mir und Mama manchmal genervt war – erzählte, dass »zügelloses Saufen« die feinen Blutgefäße in den Beinen zerstört hätte, und Daniel deshalb nicht mehr ohne Krücken gehen könne. »Er ist eben ein armer Teufel!«, sagte Papa. Und auch Mamas eher milde Einstellung zu Menschen im Allgemeinen – und Daniel im Besonderen – konnte keine andere Erklärung geben, auch wenn sie ihre Worte anders wählte: Es war der Alkohol, der Daniels Beine zerstört hatte und ihn zwang, an Krücken zu gehen, obwohl er noch nicht einmal fünfzig Jahre alt war.

»Ich werde dir zeigen, wo die Kellen sind«, sagte Mama. »Ach, nein! Ich wollte ja gerade zu Else gehen. Es ist schon fast drei Uhr. Du musst wohl selbst suchen. Ich glaube, sie liegen im weinroten Koffer. Wenn du sie nicht findest, kann ich dir helfen, wenn ich nach Hause komme.«

Ich öffnete die Tür zum Dachboden. Es war das erste Mal, dass ich allein hinaufging. Ich fand den Lichtschalter und ging durch einen Korridor aus Maschendrahtverhauen.

Unser Speicher war voller Plunder: Skier, Schlitten, alte Lampen, Kleidung und Koffer. Und dann noch eine hässliche dunkelbraune Anrichte. Dahinter konnte ich den weinroten Koffer erkennen. Ich musste auf die Anrichte steigen, um an ihn heranzukommen.

Der Koffer war groß und schwer. Mit ein wenig Mühe war es mir gelungen, ihn auf die Anrichte zu hieven, als das Licht ausging. Ich tastete mich zurück zum Lichtschalter. Dann öffnete ich den Koffer.

Er war größtenteils mit Kleidung gefüllt, aber auch mit einigen Büchern und ein paar Fotoalben. Ich kannte keine dieser Sachen. Es müssen Pauls gewesen sein, dachte ich und fragte mich, warum ich nicht auch diese Sachen übernommen hatte. Ich betrachtete ein Paar dunkelgraue Hosen mit einem kaum sichtbaren Rautenmuster und musste einsehen, dass die Kleidung noch viel zu groß für mich war.

Ich kramte eine Weile und fand eine Tischtenniskelle. Der Gummibelag war ausgetrocknet; er löste sich von der Holzplatte, als ich mit meiner Hand über die vertrocknete Oberfläche strich. Dann fand ich eine andere Kelle, die aussah, als wäre sie in einem deutlich besseren Zustand. Ich schlug damit vorsichtig auf meine Knöchel. Ja, die taugte noch zu etwas. Dann ging das Licht erneut aus. Ich machte es an und wollte gerade alles wieder einpacken, als ich eine Jeansjacke auf dem Boden des Koffers entdeckte. Eine hellbraune Jeansjacke. Ich zog sie hervor und stellte verwundert fest, dass sie aus Wildleder war.

Sie fühlte sich steif an und roch muffig. Der rechte Ärmel war genau am Ellenbogen kaputt. Aber sie passte mir. Ich behielt sie und packte die anderen Sachen wieder ein. Ich lächelte in mich hinein, als ich zurück zum Treppenhaus ging.

Mama wollte gerade gehen, als ich durch die Tür kam. Ihr Lächeln erstarrte, als sie mich sah.

»Zieh sie sofort aus!«, sagte sie beinahe fauchend.

»Was? Warum denn?«

»Zieh sie aus!«

Papa kam mit der Angler-Zeitung in der Hand in den Flur. Er blieb stehen, als er mich sah.

»Mein Gott!«, murmelte er. Mama hatte Tränen in den Augen.

»Zieh die Jacke aus, Jonas«, sagte Papa und umarmte Mama.

»Aber die passt doch genau«, sagte ich. »Die ist total schick. Solche kann man ja nicht mehr kaufen. Kann ich sie denn nicht behalten?«

Mama fing an zu weinen. Papa legte seinen Arm um sie; er drehte die Augen nach oben und bedeutete mir, die Jacke auszuziehen. Widerwillig gehorchte ich. Mama löste sich aus Papas Arm und riss die Jacke an sich. Die Tränen liefen über ihre Wangen.

»Was ist denn los?«, fragte ich. »Ich verstehe ja, dass die von Paul ist, aber ich verstehe nicht, warum ich sie nicht behalten kann.«

Papa streichelte mir mit seiner trockenen Hand etwas unbeholfen über die Wange. »Es ist die, die er getragen hatte … als er starb«, flüsterte er.

Mama schluchzte und trocknete sich die Augen mit ihrem Handrücken. »Wie sehe ich denn aus!« Sie seufzte, warf die Jacke von sich und verschwand im Badezimmer.

»Beruhige dich, Jonas«, sagte Papa. »Wir werden später darüber reden. Heute Abend. Aber lass Mama jetzt erst mal weg, sonst wird sie noch trauriger.«

Nach einer Weile kam sie aus dem Badezimmer. Sie lächelte mich etwas verlegen an und strich mir über die Wange. Ihre Hand duftete nach Seife.

»Ich muss jetzt gehen. Else wartet. Ich komme in ein paar Stunden nach Hause. Bis dann!«

Die Tür fiel ins Schloss. Papa sah mich an. Er sagte nichts. Ich fand, dass er plötzlich wie ein kleiner Junge aussah, traurig und ein bisschen unsicher. Er streichelte das hellbraune Wildleder. Dann öffnete er die Tür zur Garderobe und presste die Jacke unter die andere Kleidung auf dem obersten Regalbrett. Er presste sie wirklich. Als ob es ein Kraftakt wäre.

Ich dachte an Paul. Und an Mama und Papa. Plötzlich fühlte ich mich völlig zittrig und schwach. Fast wirr. Ich ging in mein Zimmer und setzte mich auf mein Bett.

Pauls Tod wirkte wieder so nahe. *Paul* wirkte nahe.

Ich hatte die Jacke gesehen, die er während seines letzten Waldspaziergangs getragen hatte. Ich hatte sie sogar anprobiert. Es war nicht verwunderlich, dass Mama sich so aufgeregt hatte und traurig war, als sie mich sah.

Ich dachte über den kaputten Ärmel nach. Konnte es sein, dass er riss, als Paul überfahren wurde? Ja, so muss es gewesen sein.

Aber war das möglich? Hätte er die Jacke getragen, als er überfahren wurde, wäre sie doch völlig zerrissen? Wie konnte es sein, dass jemand, der sie getragen hatte, an den Verletzungen, die er bei einem Unfall erlitten hatte, gestorben ist, während die Jacke nur einen Riss am Ärmel abbekommen hatte? Und überhaupt, wie hatte Paul den herannahenden Zug nicht bemerken können? Die Motoren dröhnen doch und der Damm bebt doch ebenfalls. Paul hatte angeblich mitten auf den Gleisen gestanden, das hatten Mama und Papa erzählt.

Warum bist du nicht zur Seite gesprungen, Paul? Woran hast du gedacht? Was hast du im Wald gesehen?

Ich lag auf dem Bett und fühlte mich zum Heulen.

Plötzlich vernahm ich ein schwaches, summendes Geräusch aus dem Wohnzimmer.

Ich stand auf und öffnete die Tür.

Es war Papa.

Er summte ein Lied. Ich kannte die Melodie nicht. Aber ich hatte die Worte schon einmal gehört. Ich hatte die Worte schon viele Male gehört.

It's the time of the season when your love runs high …

ZWEI

Manchmal wundert es mich, dass du mir fehlst. Schließlich bin ich dir ja nie begegnet. Trotzdem fehlst du mir. Fast so, als sei ich dir tatsächlich einmal begegnet. Als hätte ich dich irgendwann einmal vergessen und müsste jetzt wieder an dich denken. Ich habe oft von dir geträumt; du bist zu mir gekommen, hast mich besucht, immer nachts. Du hast mir Dinge erzählt, ohne wirklich zu mir zu sprechen. Ich weiß nicht, wie deine Stimme klingt. In meinen Träumen führen wir immer wortlose Gespräche. Und du trägst – seit ich sie auf dem Dachboden fand – immer die hellbraune Wildlederjacke.

Am Abend saßen wir im Wohnzimmer und unterhielten uns. Mama, Papa und ich.

»Bitte entschuldige, dass ich dich angeschrien habe«, sagte Mama. »Aber ich habe fast einen Schock bekommen, als ich dich in … in seiner Jacke sah. Ihr seid so … du fängst an, ihm ähnlich zu sehen. So wie er mit fünfzehn ausgesehen hat.«

»Dachtest du, ich sei er?«, fragte ich.

»Nein«, sagte Mama lächelnd. »So ähnlich bist du ihm nicht. Und im Übrigen glaube ich nicht wirklich an Geister. Aber trotzdem, es war, als ob Paul durch die Tür gekommen wäre. Es war nicht sein Gesicht … aber du ähnelst ihm schon ziemlich. Ich meine, man sieht, dass ihr Brüder seid. Und du bewegst dich genauso wie er. Manchmal … sind deine Bewegungen genau wie seine. Und mit dieser Jacke … seiner Jacke also …«

Papa sagte nichts. Er saß auf dem Sofa neben Mama. Er schaute abwesend aus dem Fenster und trommelte mit seinen Fingerspitzen auf seine Schenkel.

»Natürlich kannst du die Jacke haben, wenn du möchtest. Allerdings sollten wir sie in die Reinigung geben.«

»Sie ist an einem Ärmel etwas beschädigt«, sagte ich. »Aber das kann man vielleicht flicken.«

Mama war eine Weile still. Ich konnte sehen, dass sie an irgendetwas dachte. Sie hob den Kopf und suchte Papas Blick; er sah aus dem Fenster. Dann fasste sie einen Entschluss. »Hol die Jacke, bitte«, sagte sie.

Papa löste seinen Blick vom Fenster, als ich wiederkam. Er starrte auf die Jacke in Mamas Schoß.

»Ja, die kann man sicherlich noch flicken«, sagte sie und strich mit den Fingern über den Ärmel.

Ich wollte etwas fragen, aber traute mich nicht. Ich hatte Angst, dass sie wieder traurig würde. Ihr Blick begegnete meinem. Sie lächelte.

»Dieser Riss …«

»Ja?«

«Ich meine, stammt der Riss … ist es passiert, als … als er überfahren wurde?«

Sie schüttelte den Kopf. Papa fing wieder an, mit den Fingern zu trommeln.

»Ich glaube nicht, dass er die Jacke trug, als es passierte. Ich meine, sie hätten gesagt, dass sie neben dem Gleis gelegen hätte.«

»Aber der Riss?«

»Der war schon vorher da. Er ist mit dem Fahrrad gestürzt, glaube ich.«

»Ja, das glaube ich auch«, murmelte Papa.

»Probier sie an.«

Ich zögerte. Die Jacke fühlte sich kälter an als vorhin, als ich sie gefunden hatte.

»Probier sie an, Jonas«, wiederholte Mama.

Langsam zog ich sie an.

»Ja, sie sieht wirklich schick aus«, sagte Mama. »Er hat sie von Daniel bekommen, als er vierzehn wurde. Oder war es zum Fünfzehnten?«

Sie bemerkte, dass ich mit den Augen zu blinzeln begann.

»Komm«, sagte sie. »Komm, Jonas. Setz dich zu uns aufs Sofa.«

Ich setzte mich zwischen meine Eltern und begann zu weinen.

»Aber, kleiner Freund«, sagte Mama. »Du brauchst doch nicht traurig sein. Es war doch nicht deine Schuld, dass ich mich so aufgeregt habe.«

»Nein, das ist es nicht.« Ich schluchzte. »Es ist nur, ich wäre ihm gern begegnet. Ihr sprecht immer über ihn und erzählt von ihm, aber ihr wisst noch viel mehr als das, was ich zu hören bekomme. Ich wäre gern sein ganz normaler kleiner Bruder. Dann hätte er mir den Bau mit den kleinen Füchslein zeigen können … und alles andere. Er hätte … wir hätten so vieles zusammen machen können.«

Mama streichelte mein Haar. Papa streichelte mir vorsichtig – fast unbeholfen – die Beine.

»Ich verstehe dich«, sagte Mama. »Aber das geht doch nun mal nicht. Es gibt sicherlich Tausende von Menschen, denen wir gern begegnet wären, als sie noch lebten. Aber wir müssen mit denen zufrieden sein, die wir noch haben. Er fehlt mir immer noch sehr. Obwohl ich ihm mehr als fünfzehn Jahre täglich begegnet bin und obwohl er bald genauso lange tot ist, wie er lebte, fehlt er mir sehr. Manchmal ist mir so zum Heulen zumute. Es ist … es ist, als würde die Trauer manchmal schwächer; sie scheint nachzulassen, nur um sich dann wieder mit neuer Kraft auf mich zu stürzen. Fast wie ein lebendiges Wesen. Und ich bin jedes Mal wieder unvorbereitet. Ich werde von der Trauer förmlich attackiert. Und alles kommt wieder hoch, so wie damals.«

Sie wischte mir mit ihren Fingern meine Tränen weg.

»Du kannst an ihn denken oder von ihm träumen, so viel du willst«, fuhr sie fort, »aber leider wirst du ihm niemals begegnen. Jedenfalls wenn es keinen Himmel gibt. Denn in diesem Fall würdest du ihm begegnen. Und ich und Stefan könnten ihn auch wiedersehen.«

»Du brauchst nicht traurig sein«, sagte Papa mit freundlicher Stimme. »Man darf die Trauer nie die Oberhand gewinnen lassen. Dann wird alles nur noch schlimmer.«

»Aber ich verstehe es nicht«, fing ich an. »Warum sprang er nicht zur Seite? Wie konnte er den Zug nicht hören? Das begreife ich nicht.«

Mama holte tief Luft. »Nein, Jonas. Das verstehe ich auch nicht. Ich habe mich das auch immer gefragt. Aber Paul war häufig verträumt. Er konnte ewig aus dem Fenster starren, ohne wirklich etwas zu betrachten. Ich nehme an, er träumte. Oder er dachte einfach sehr intensiv an etwas. Manchmal musste ich seinen Namen mehrmals wiederholen, bevor er mich bemerkte. Ich weiß nicht, aber vielleicht war es damals genau so. Vielleicht befand er sich einfach gerade an dieser Stelle, auf dem Gleis, als er anfing nachzudenken. Und von irgendetwas zu träumen. Und deshalb hörte er den Zug nicht. Zumindest ist das für mich die einzige Erklärung.«

»Aber wovon träumte er?«

»Das weiß ich auch nicht.« Mama lächelte. »Vielleicht dachte er an irgendein Mädchen, das er getroffen hatte. Meinst du nicht?«

In dieser Nacht träumte ich von meinem Bruder.

Paul saß am Schreibtisch. Er trug die hellbraune Wildlederjacke. Neben ihm – über der Lehne des Schreibtischstuhls – hing dieselbe

Jacke, allerdings war es meine. Paul lächelte, als ich ihn ansah. Das Fenster hinter ihm war tiefschwarz.

»Hallo Jonas«, sagte er.

»Hallo Paul.«

»Träumst du von mir?«

»Ja«, antwortete ich. »Ziemlich oft.«

»Jetzt auch gerade?«, fragte Paul.

»Ja, ich glaube schon.«

Er lachte und lehnte sich vor.

Ich setzte mich im Bett auf und schloss die Arme um meine Knie.

Paul ergriff die Schreibtischplatte mit beiden Händen. Dann lehnte er sich noch weiter vor.

»Pass auf!«, schrie ich. »Du fällst!«

Er lachte. »Ich falle nicht«, sagte er und fiel Richtung Boden.

Aber er stieß nicht auf. Stattdessen streckte er sich in der Luft aus, seine Hände berührten fast die Decke. Einen Moment war er völlig reglos; er schwebte ruhig zwischen Boden und Decke. Dann stand er plötzlich neben meinem Bett.

Er beugte sich zu mir herunter. Er lächelte. »Mein kleiner Bruder«, sagte er.

Ich streckte meine Hand aus, um ihn zu berühren, doch als meine Finger seine Jacke erreichten, war er nicht mehr da.

Er stand vor dem Fenster.

»Wovon hast du geträumt, als du auf dem Gleis gestanden hast?«, fragte ich.

Paul drehte sich um und sah mich an. Dann lachte er und öffnete das Fenster sperrangelweit. Ein eiskalter Windzug kam herein, und ich zog die Decke enger um mich.

»Wovon hast du geträumt?«, rief ich laut, um das Heulen des Windes zu übertönen.

»Schmetterlinge!«, schrie Paul.

Und die Fensteröffnung füllte sich mit silbern glänzenden Schmet-

terlingen, die sich glitzernd in mein Zimmer drängten. Vergeblich versuchte ich, meinen Bruder hinter all den Tausenden von Flügeln zu erkennen.

Dann wachte ich auf.

Draußen vor dem Fenster war es genauso tiefschwarz wie in meinem Traum. Über der Stuhllehne konnte ich den Kragen seiner Jacke, die jetzt mir gehörte, ausmachen. Aber Paul war nicht mehr da.

Ich knipste meine Nachttischlampe an, stand auf und holte die Jacke. Sie fühlte sich kalt und steif an. Ich nahm sie mit ins Bett, stapelte die Kissen gegen die Wand und setzte mich hinein.

Ich hielt die Jacke vor mich; die Knöpfe glänzten im Schein der Lampe. Ein Schimmer von Messing. Ich fühlte die geprägten Buchstaben auf einem der Knöpfe: *Lee*. Die Nähte waren golden. Ich folgte ihnen mit meinem Zeigefinger entlang der Knopfleiste und den Brusttaschen.

Die Brusttaschen!

Ich öffnete die erste. Irgendwas steckte da drin. Ich holte es hervor. Es war ein leeres Kaugummipäckchen einer Marke, die ich noch nie gesehen hatte. Das zusammengeknüllte Papier roch noch immer nach Süßem.

Ich öffnete die andere Tasche. Ich zuckte zusammen, als ich fühlte, dass ein großes Stück Papier in der Tasche steckte. Es war zusammengefaltet, und ich konnte erkennen, dass es irgendwann einmal mit einem Stück Klebestreifen versiegelt worden war; die Oberfläche war an der Stelle, wo der Klebestreifen gewesen war, vergilbt. Vorsichtig faltete ich es auseinander.

Es war ein Brief.

Ein Brief in einer leicht geneigten Handschrift und mit roter Tinte geschrieben.

Hallo Princi!

Ich hätte nicht gedacht, dass du auf meinen Brief antworten würdest. Ich war wahnsinnig froh, als ich deinen Brief im Briefkasten fand! Mama und Papa beobachteten mich, als ich ihn während des Frühstücks las. Sie lachten und fragten, ob ich einen Liebesbrief bekommen hätte, aber sie glaubten mir nicht, als ich antwortete. Ich lachte nur. Am Samstag beginnen die Ferien. Mama und Papa fahren ins Ferienhaus, aber ich bleibe das ganze Wochenende in der Stadt. Allein! Du kommst doch vorbei? Frag deine Eltern, ob du bei mir übernachten darfst. Antworte schnell. (Ruf an!) Ich will, dass du kommst. Denn ich liebe dich.

P.S.

Ich drehte das Papier um, aber die andere Seite war leer. Ich las den Brief noch einmal. Wer war Princi? Und warum gab es weder ein Postskriptum noch einen Absender? Und warum lag der Brief an Princi in der Jackentasche meines Bruders?

Ich legte den Brief in meine Schatzkiste und hängte die Jacke zurück.

»Kennt ihr jemanden, der Princi heißt?«, fragte ich meine Eltern beim Frühstück.

»Princi? Das ist wohl ein ausländischer Name. Wird das so ausgesprochen?«

»Ich weiß nicht«, antwortete ich. »Ich habe ihn irgendwo gelesen.«

»Nein, diesen Namen habe ich nie gehört«, sagte Mama. »Könnte es ein Wort sein? Prin … Prinzip oder irgendwas in der Art?«

»Nein«, sagte ich. »Es muss ein Name sein. Ich habe ihn irgendwo auf einem Brief gesehen.«

»Also, ich weiß es nicht«, sagte Mama. »Aber schau doch mal in der Bücherei nach. Dort gibt es sicherlich ein Namensbuch, in dem du nachsehen kannst. Oder irgendein anderes Nachschlagewerk.«

»Sicher, das haben sie bestimmt. Aber ich möchte es jetzt wissen, und sie machen nicht vor Montag auf.«

»Ruf doch Daniel an!«, rief Mama. »Oder geh direkt zu ihm. Das würde ihn freuen. Er fragt immer nach dir. Ihr seht euch in letzter Zeit ja nicht mehr so häufig.«

Papa sah sie gereizt an.

»Findest du es wirklich eine gute Idee, dass er dorthin geht?«, fragte er leise.

Ich sah an ihren Augen, dass sie wütend wurde.

»Was meinst du?«, gab sie zurück. »Weshalb sollte das keine gute Idee sein? Daniel ist viel zu oft allein. Da ist es nur gut, dass Jonas ihn besuchen geht.«

Papa wurde sauer und verstummte.

Ich schwieg und wartete. Ich konnte nicht verstehen, warum er so besorgt um mich war. Das war er immer. Und besonders, wenn ich Daniel treffen wollte. Vielleicht glaubte er, Daniel würde mir Alkohol geben.

»Ich bin der Meinung, du solltest hingehen«, sagte Mama. »Er würde sich sehr freuen.«

Daniel und Mama kennen sich schon ihr ganzes Leben lang, sie sind in derselben Straße aufgewachsen. Ihre Kindheit verbrachten sie zusammen; sie haben miteinander gespielt, sind in dieselbe Schule gegangen, haben nebeneinander gewohnt und sich gegenseitig bei den Hausaufgaben geholfen, obwohl zwischen ihnen ein Jahr Altersunterschied bestand. Und als sie älter waren, sind sie abends immer in einen kleinen Jazz-Club in der Innenstadt gegangen. Dort hat Mama übrigens auch Papa kennengelernt.

Jetzt bin ich vierzehn, und Daniel ist frühpensioniert. Mama erzählte, dass er schon immer viel getrunken hätte, als sie jung waren, aber einige Jahre vor meiner Geburt war es schlimmer geworden. Damals hatte er angefangen, jeden Tag zu trinken. »Allerdings hat er seine Arbeit immer gemacht«, sagte Mama jedes Mal, und Papa protestierte höhnisch: »Zur Arbeit gehen, obwohl man sturzbetrunken ist, heißt wohl nicht, seine Arbeit machen!« Und dann ging jedes Mal die Diskussion los.

Erst als Daniel pensioniert wurde, begannen seine Gehprobleme. Und obwohl Papa glaubte, Daniel würde sich tot saufen, schränkte dieser das Trinken überraschend ein.

Ich klopfte an Daniels Tür.

»Komm rein!«, rief er.

Sein Gesicht strahlte, als er mich sah; er hatte mich schon immer gemocht. Aber ich meinte noch etwas anderes in seinem Gesicht gesehen zu haben, als ich in seine Diele trat, einen Schatten, der jedoch genauso schnell verschwand, wie er aufgetaucht war.

»Hallo, Jonas«, sagte er. »Wie schön, dass du vorbeikommst!«

Daniel erhob sich aus einem Sessel und humpelte mir entgegen. Er klopfte mir mit der Hand auf die Schulter, bevor er vorsichtig mein Haar berührte.

»Du lässt dir die Haare wachsen«, sagte er lächelnd.

Er sah auf die Jacke.

»Erkennst du sie wieder?«, fragte ich.

Er nickte. »Ja, natürlich erkenne ich sie wieder«, sagte er fast flüsternd. »Schließlich habe ich sie Paul geschenkt. Zu seinem Dreizehnten.«

»Ja, ich weiß. Papa hat erzählt, was du gesagt hast, als du sie ihm geschenkt hast: ›Alles Gute, Teenager!‹.«

Daniel lächelte. »Stimmt. Das ist richtig. Ich hatte es vergessen.« Er schwieg einen Moment. »So so, Stefan erinnert sich … Sieh mal einer an! Na, wir sollten nicht hier stehen bleiben. Komm rein und setz dich. Möchtest du Kaffee?«

»Ja, gern«, sagte ich und setzte mich aufs Sofa.

»Leg irgendeine Platte auf, wenn du willst«, schlug Daniel vor und verschwand in der kleinen Kochnische.

Ich stand auf und ging seine Schallplatten durch. Es waren vor allem alte Jazzplatten aus den Vierzigern und Fünfzigern; von den meisten Interpreten hatte ich noch nie gehört. Zum Schluss wählte ich zufällig eine aus.

Daniel rief mir aus der Kochnische zu: »Jonas, komm und hilf mir doch bitte. Sonst geht noch was kaputt, wenn ich es allein mache.«

Er lächelte, als er den Kaffee einschenkte. »Du magst also Bill Evans?«

»Was?«

Daniel lachte. »Wir hören ihn uns gerade an.«

Ich kicherte. »Ich weiß nicht. Ich habe einfach irgendeine ausgesucht.«

Wir unterhielten uns eine Weile. Dann fragte er, ob es einen bestimmten Grund für meinen Besuch gäbe.

»Na ja, nicht direkt«, log ich. »Aber Mama hat gesagt, du hättest vielleicht ein Namensbuch. So eines, wo drinsteht, was Namen bedeuten und so. Ich habe nämlich einen Namen entdeckt, den ich noch nie gehört habe.«

»Ach? Und was ist das für ein Name?«

»Princi.«

Zunächst wirkte er völlig ungerührt, langsam zog er an seiner Zigarette. Dann sah ich, wie er plötzlich mit seiner Hand zuckte und zu mir rüberschielte, bevor sein Blick zum Fenster wanderte. Er wiederholte den Namen, sprach ihn aber anders aus.

»Wo hast du den Namen her?«, fragte er nach einer Weile.

»Er stand auf einem Zettel, den ich gefunden habe«, fing ich an. »Oder Brief, kann man vielleicht eher sagen.«

»Ein Brief«, murmelte Daniel. Er schwieg. Der Rauch seiner Zigarette schlängelte sich langsam zur Decke.

»Kennst du den Namen?«, fragte ich. »Hast du ihn schon mal gehört?«

Er sah mich an. Nickte. »Ja«, begann er. »Ich kenne ihn. Aber eigentlich ist es kein Name.«

»Nicht?«

»Nein.«

Ich warte darauf, dass er weiterredete, aber er schwieg.

»Was ist es dann?«, fragte ich nach einer Weile.

»Es ist ein Wort«, antwortete er. »Nur ein Wort.«

»Ein Wort? Aber was bedeutet es?«

»Es ist Tschechisch«, sagte Daniel, »und bedeutet Prinz.«

»Prinz?«

Ich erinnere mich nicht, ob ich erst erstaunt und dann froh war oder umgekehrt. Ich war erstaunt über die Bedeutung des Wortes, es war so selbstverständlich, wie Daniel es sagte. Und ich war froh; der Brief hätte also von jemandem geschrieben worden sein können, der meinen Bruder Prinz nannte. Der Brief könnte tatsächlich meinem Bruder gehört haben.

Ich bemerkte, dass Daniel mich unentwegt anstarrte.

Ich senkte den Blick.

»Wo hast du ihn gefunden?«, fragte er.

»Auf dem Dachboden«, antwortete ich zögernd.

Das Stück auf der Platte war zu Ende, und eine vibrierende Stille legte sich über den Raum.

Daniel wusste etwas von dem Brief oder zumindest etwas über denjenigen, der Prinz genannt wurde. Und ich fühlte mich ertappt; ich wollte ihm eigentlich nicht erzählen, wo ich den Namen gesehen hatte. Aber warum war Daniel so still?

Endlich begann das nächste Stück, ein einsames Klavier klimperte eine wehmütige Melodie. Nach einigen Takten stimmte die Snare Drum und der Bass mit ein.

»Nun, Jonas«, begann Daniel. »Manchmal, wenn man glaubt,

etwas vergessen zu haben, kommen die alten Erinnerungen wieder über einen. Man meint, es überwunden zu haben. Man glaubt … dass die Vergangenheit keine Rolle mehr spielt. Aber das ist falsch. Das ist so was von falsch! Denn früher oder später holt sie einen ein. Und dann erinnert man sich. Und das Vergangene ist überhaupt nicht mehr vergangen, erledigt und vorbei.«

Er verstummte. Sein Gesicht war völlig reglos; sein Blick ging durchs Zimmer und hinaus aus dem Fenster, ohne irgendetwas anzusehen. Wie Paul auf dem Schulfoto; anwesend, aber nicht da.

»War Paul Prinz?«, fragte ich.

Daniel nickte.

»Wer nannte ihn Prinz?«

Daniel beugte sich hastig vor und vergrub sein Gesicht in seinen Händen. Einen kurzen Moment dachte ich, er würde anfangen zu weinen. Ich starrte ihn entsetzt an. Aber er richtete sich auf und sah mich an. Er seufzte tief. Seine Augen waren gerötet. »Puh!«, sagte er. »Dein Bruder Paul war einer der besten Menschen, denen ich begegnet bin. Mein Gott, was habe ich ihn gemocht! Und trotzdem wurde er nach seinem Tod zum schrecklichsten Gespenst, das man sich vorstellen kann. Es vergeht kein Tag, an dem ich nicht an ihn denke.«

»Was meinst du damit, dass er zum schrecklichsten Gespenst wurde, das man sich vorstellen kann?«

Daniel lachte lautlos. »Es klingt vielleicht etwas lächerlich, dass ich das Wort benutze. Natürlich sucht mich Paul nicht in ein weißes Laken gehüllt heim. Nein, er taucht in meinen Albträumen auf. Ich … ich sollte dir das nicht erzählen … ich weiß nicht. Aber, verstehst du, es ist, als würde er für das, was geschehen ist, *mich* anklagen. Als wäre es mein Fehler gewesen. Und ich versuche immer, ihn dazu zu bringen, mir zu erklären, warum *ich* schuld sein sollte. Aber er antwortet nie. In meinen Träumen. Er sieht mich nur an mit seinen schönen Augen …«

»Aber warum solltest du schuld an Pauls Tod sein?«, fragte ich nach einer Weile. »Das verstehe ich nicht. Er wurde doch von einem Zug überfahren. Nur weil er dastand und über irgendetwas nachdachte. Ein Mädel oder so …«

Daniel seufzte und sah mich an. »Nein, Jonas, das meine ich nicht. Nicht *dafür* klagt er mich an.«

»Wofür dann?

Er schüttelte den Kopf. »Das kann ich dir nicht erzählen. Zumindest nicht jetzt.«

»Wer nannte ihn Prinz? Das kannst du mir doch erzählen?«

»Nein, das kann ich eben nicht. Denn ich weiß es nicht.«

»Aber ich dachte …«

»Ich weiß es nicht, Jonas«, unterbrach er mich. »Paul kam eines Tages … es war einige Tage, bevor er starb, und er war so glücklich. Fast … fast überdreht.« Er verstummte und ließ seinen Blick über das Bücherregal gleiten.

»Ich habe ihn an jenem Tag übrigens fotografiert. Ich werde dir das Bild zeigen.«

Er stand auf und ging langsam zum Regal. »Mal sehen«, murmelte er und blätterte in einem Fotoalbum. »Ja. Genau. Hier ist es.«

Du warst es, Paul; du sitzt in einem Sessel vor dem Fenster. Du trägst deine hellbraune Wildlederjacke. Du verschränkst deine Arme vor dem Bauch; der Riss am rechten Ärmel ist deutlich zu sehen. Und du lächelst auf dem Bild. Deine Augen glänzen, und du schaust direkt in die Kamera.

»Wie glücklich er aussieht«, sagte ich.

»Ja, er war tatsächlich glücklich an jenem Tag. Deshalb wollte ich ihn fotografieren. Weißt du, er war nämlich nicht immer so glücklich, dein Bruder. Er fühlte sich häufig … niedergeschlagen und einsam.«

»Einsam? Aber er hatte doch jede Menge Freunde. Und jeder mochte ihn.«

»Ja, das ist wohl wahr. Er fühlte sich trotzdem häufig traurig und einsam. Das kann man auch, obwohl man Freunde hat.«

»Vielleicht.«

Mein Blick ging wieder zu dem Foto.

»Schau!«, flüsterte Daniel. »Siehst du, wie schön er ist. Er hatte so wunderschöne Augen. Wenn er lachte, dann ...«

»Was dann?«

»Na ja ... es war ansteckend. Es wurde einem warm ums Herz, wenn er lachte.«

»So wie wenn man verliebt ist in jemanden?«

Daniel sah mich an. »Ja«, antwortete er langsam, »so, wie wenn man in jemanden verliebt ist.«

»Aber warum war er so glücklich an jenem Tag?«

Daniel lächelte. »Irgendjemand wurde schwach bei diesem Lächeln. Wegen dieser Augen. Jemand anderes. Das erzählte er mir an jenem Tag. Deshalb kam er hierher. Er wollte mir erzählen, dass er verliebt sei. Dass er jemanden getroffen habe. Deshalb war er so glücklich.«

»Erzähl mir mehr.«

»Na ja, er sagte nicht mehr. Er hat erzählt, dass er sich verliebt hätte. Ich weiß nicht, wo oder wie sie sich begegnet sind. Ich glaube nicht, dass er das sagte. Aber ich erinnere mich, dass sie gemeinsam zum Walpurgisfeuer gehen wollten. Paul hatte sogar ein bisschen Feuerwerk gekauft, obwohl Sara es ihm sicherlich verboten hatte. Sie war immer so besorgt, dass er sich verletzen könnte.«

»Ich weiß«, unterbrach ich ihn. »Das ist Mama immer. Aber wen hatte er getroffen? Wie hieß sie?«

Daniel wartete mit der Antwort. »Ich weiß nicht, wen er getroffen hatte. Ich erinnere mich nicht, dass Paul irgendeinen Namen nannte. Aber er erzählte, dass seine neue Bekanntschaft ihn Princi nannte. Er lächelte, als er das erzählte. Und erklärte, dass es das tschechische Wort für Prinz sei. Ich erinnere mich daran, dieser Name passte hervorragend zu ihm.«

»Hast du ihn denn nie gefragt, wen er getroffen hatte?«

»Nein, das habe ich nicht. Aber ich habe Paul gefragt, wie *er* die Person nennen würde, in die *er* verliebt war?«

»Was hat er geantwortet?«

Daniel lächelte. »Er sagte nichts. Er lächelte nur und machte so.« Daniel führte seinen Zeigefinger an die Lippen: »Sssch!«

»Was meinte er damit?«

»Ich weiß es nicht. Ich nehme an, er wollte es mir nicht erzählen.«

Er blätterte im Fotoalbum. Ab und zu zeigte er auf ein Bild und erzählte etwas über das Motiv. Eine der Seiten unterschied sich von den übrigen; die vier Bilder waren von einer schwarzen Linie eingerahmt. Es waren Fotos von der Beerdigung meines Bruders.

Der weiße Sarg war auf jedem der Bilder. Mama und Papa waren auch darauf, auch wenn man eigentlich nur Papa erkennen konnte. Die Frau an seiner Seite – Mama – trug einen schwarzen Trauerflor, der ihr Gesicht verbarg.

Ich versuchte, jemanden zu entdecken, den ich nicht kannte.

»Glaubst du, sie ist auch auf einem der Bilder?«, fragte ich.

»Wer?«

»Die, in die Paul verliebt war«, erklärte ich.

Daniel schüttelte den Kopf. »Nein, Jonas. Die Person, in die Paul verliebt war, ist nicht auf den Bildern.«

»Nicht? Wie kommt's? Waren sie nicht mehr zusammen?«

Daniel antwortete nicht. Stattdessen griff er nach einer Zigarette. Während er sie anzündete, fragte ich weiter. »War es so? Waren sie nicht mehr zusammen? Waren sie Feinde geworden?«

»Du fragst so viel.«

»Aber ich möchte es doch wissen!«, sagte ich. »Warum willst du es nicht erzählen?«

Er lachte leise. »Nun, es liegt nicht daran, dass ich etwas verheimlichen will. Aber manchmal ist es besser, man erzählt nicht alles. Jedenfalls nicht alles auf einmal. Ich habe dir jetzt eine Menge erzählt. Vielleicht erzähle ich ein anderes Mal mehr. Später. Wenn du dann noch interessiert bist.«

»Aber könntest du nicht ...«

»Nein! Jetzt nicht.«

»Aber ich möchte doch nur ...«

Daniel seufzte. »Bitte, Jonas, ich möchte jetzt nichts mehr erzählen. Das musst du nun mal akzeptieren.«

»Ja«, sagte ich etwas mürrisch, »aber ich möchte es so gerne wissen. Am liebsten würde ich mich selbst an Paul und alles, was geschehen ist, erinnern. Aber das geht ja nicht. Deshalb muss ich doch die fragen, die ihn kannten. Die, die ihm begegnet sind.« Ich machte eine Pause und schielte zu Daniel hinüber. »Bitte, kannst du nicht noch ein bisschen erzählen?«

Daniel beugte sich näher zu mir und verschloss meine Lippen mit seinem Zeigefinger: »Sssch!«

DREI

Als ich nach Hause kam, lag eine Nachricht auf dem Küchentisch.

Hallo Jonas!

Sind einkaufen. Wollen auch Oma und Opa kurz besuchen. Kommen gegen acht Uhr nach Hause. Im Kühlschrank steht Suppe. Wärm sie dir auf, wenn du Hunger hast.

Mama

Ich sah auf die Uhr. Viertel nach fünf. Nein, ich hatte keinen Hunger.

Ich holte den Dachbodenschlüssel.

Der weinrote Koffer stand noch dort, wo ich ihn zurückgelassen hatte, direkt an der Tür. Fast andächtig holte ich die dunkelgraue Hose und die anderen Kleidungsstücke hervor und legte sie auf die Anrichte.

Als das Licht ausging, knipste ich meine Taschenlampe an. Dann holte ich die Bücher hervor. Einen Teil davon kannte ich; ich hatte sie mir irgendwann in der Bücherei ausgeliehen. Die Bücher, die ich noch nicht gelesen hatte, legte ich auf einen Stapel.

Dann nahm ich das erste Fotoalbum. Auf der Innenseite des Ordners hatte jemand geschrieben: *Dieses Album gehört Paul Lundberg. 4. November 1967.* Ich kannte die Handschrift, es war die meiner Mutter.

Auf den ersten Seiten waren nur Schulfotos. Ich leuchtete mit der Taschenlampe auf die Bilder, um meinen Bruder zu entdecken. Er lächelte auf dem Bild der ersten Klasse. Auf den anderen Bildern war sein Gesichtsausdruck eher ernst. Ich konnte kein Foto aus Pauls fünftem Schuljahr finden. Aber neben dem Bild aus der sechsten Klasse entdeckte ich einen identischen Abzug des Fotos, das unten auf dem Fernseher stand.

Ich blätterte weiter. Daniel war auch auf einigen Bildern; auf dem ersten stand er an einem Strand und lachte. Er wirkte sehr jung. Auf dem nächsten Bild fotografierte er selbst in die Kamera; er hatte sie auf den Fotografen gerichtet. Dann kamen einige Fotos von Paul, die ich noch nie zuvor gesehen hatte. Auf dem ersten saß er allein auf einem Stein am Strand. Er trug karierte Badeshorts. Ein großes Handtuch lag um seine Schultern und er lächelte in die Kamera.

Auf einem anderen Bild hatte er Gesellschaft von Daniel bekommen. Sie saßen nebeneinander auf dem Stein. Daniel lachte. Paul lächelte. Und Daniels Arm ruhte auf der Schulter meines Bruders.

Die übrigen Bilder kannte ich aus den Alben von Mama und Papa; Geburtstage und Weihnachten. Ich schaute mir besonders genau die Bilder von Pauls dreizehntem Geburtstag an. Da war sie. Auf einem Bild von Mama und Paul. Es war in der Küche aufgenommen. Auf dem Tisch hinter meiner Mutter und meinem Bruder konnte ich die hellbraune Wildlederjacke ausmachen. Daneben stand ein Aschenbecher; eine glühende Zigarette lag darin und die Rauchsäule schlängelte sich hoch. Das muss Daniels Zigarette gewesen sein.

Ich hielt das Album näher vor meine Augen und betrachtete forschend das Gesicht von Paul. Er sah glücklich aus. Ich sah, dass wir einander tatsächlich ähnelten; ich konnte sehen, dass wir gleich waren. Wie Brüder, fast.

Ich schlug das zweite Album auf. Wieder hatte Mama Pauls Namen auf die Innenseite geschrieben. Und ein Datum. *28. Dezember 1968*. Vielleicht war das Album ja ein verspätetes Weihnachtsgeschenk.

Die erste Fotografie zeigte meine Eltern. Unsere Eltern. Sie standen Arm in Arm vor der Garage auf der anderen Seite des Hofs. Sie lachten und blickten in die Kamera. Papa hatte lange Koteletten. Rechts von meinen Eltern erkannte ich die Verblendung eines schmutzigen Volvos.

Ich blätterte weiter. Das Foto eines Jungen, den ich nicht kannte, füllte eine ganze Seite aus. Es war irgendwo draußen aufgenommen. Im Hintergrund sah ich Schnee und etwas, das aussah wie ein Wirtschaftsgebäude. Der Junge war etwa vierzehn oder fünfzehn Jahre alt. Er hatte glattes schwarzes Haar. Er lächelte. Er trug eine dunkle dicke Jacke, die ziemlich mitgenommen wirkte. Die obersten Knöpfe waren geöffnet und enthüllten einen Hals, der in der winterlichen Umgebung viel zu nackt aussah. Trotzdem schien er nicht zu frieren. Er lächelte, seine schwarzen Augen glänzten. Wie schön du bist, dachte ich. Ich las den Text neben dem Foto: *Kammarviken, März 1969. Petr je tady.*

»*Petr je tady*?«, flüsterte ich. »Was bedeutet das?«

Auf der nächsten Seite waren vier Schwarz-Weiß-Fotos. Das erste zeigte dich, Paul. Es war unten in meinem Zimmer aufgenommen. Oder besser gesagt, in deinem. Du stehst vor dem Schreibtisch, lehnst dich mit dem Arm auf die Stuhllehne. Derjenige, der dich fotografiert hat, muss in der Tür zum Flur gestanden haben. Du siehst den Fotografen an. In deinen Augen und auf deinen Lippen ist das geheimnisvolle Lächeln, das du manchmal auf dem Bild unten auf dem Fernseher zeigst. Du hältst ein Notizbuch in der Hand. Es sieht aus wie die Hefte, die ich in der Grundschule benutzt habe, allerdings scheint dieses dicker zu sein.

Auf dem zweiten Bild bist du nackt. Du kommst gerade aus dem Badezimmer, als jemand auf den Auslöser drückt. Dein Haar ist nass und steht in alle Richtungen ab. In deiner rechten Hand hältst du etwas, das aussieht wie ein Handtuch, aber du bewegst den Arm, deshalb ist das Bild an dieser Stelle etwas unscharf. Vielleicht hast du versucht, deinen Körper vor dem Fotografen zu verbergen. Du sähest aus wie ein kleiner Junge, wenn nicht die dunklen Haare um dein Ding wären.

Das dritte Foto ist ein Landschaftsbild, eine Klippe am Meer. Die Wellen werfen sich in schäumender Wut gegen sie. Eine Kiefer krümmt sich im Wind. Am Himmel sind Gewitterwolken zu erkennen.

Dann – auf dem vierten Foto – ist wieder der Junge von dem Winterbild. Er sitzt geduckt oben auf der Klippe. Der Wind fährt ihm durchs Haar, und er blinzelt mit den Augen. Sein Blick geht aufs Meer und die Wellen. Neben ihm steht eine Umhängetasche, er hält den Riemen in der Hand.

Bei allen vier Bildern fehlt ein Text. Aber ich spürte, dass sie zusammengehören; es gab so etwas wie einen roten Faden, auch wenn ich diesen vorläufig nur erahnen konnte.

Ich beschloss, in die Wohnung zurückzugehen. Ich wollte zu Hause sein, bevor Mama und Papa zurückkommen.

Sie waren noch nicht da. Auf der Küchenuhr war es zwanzig vor sieben. Ich ging in mein Zimmer.

Die Bücher legte ich auf den Schreibtisch. Ich stand mit den Fotoalben in meiner Hand da und überlegte, wo ich sie verstecken könnte. Genau, verstecken. Denn es schien, als hätte ich in irgendetwas herumgestochert, das ich nicht anrühren sollte, und ich wollte nicht, dass Mama und Papa das herausfinden.

Ich legte die Alben in die hinterste Ecke des Kleiderschranks. Bevor ich sie mit alten Kleidern und Sachen zudeckte, betrachtete ich noch einmal das Foto von Paul, wie er aus dem Badezimmer kommt.

Es war irgendetwas Merkwürdiges an diesem Bild; ich spürte ein Kribbeln im Bauch. Ich konnte sehen, dass wir uns sehr ähnlich waren. Und ich verspürte den Drang, ihn zu berühren, seinen Körper zu berühren. Oder meinen.

Am Abend lag ich im Bett und dachte darüber nach, was Daniel erzählt hatte. Ich begriff, dass er die Antworten auf eine Menge meiner Fragen hatte. Aber ich konnte nicht verstehen, warum er mir nicht alles erzählen wollte.

Bevor ich schlafen ging, redete ich eine Weile mit meiner Mutter in der Küche.

»Ich bin heute bei Daniel gewesen«, erzählte ich ihr.

»Ach«, sagte sie. »Du bist also hingegangen. Das ist schön. Konnte er dir irgendwie weiterhelfen?«

»Womit?«

Sie lachte. »Na, mit diesem Namen natürlich. Princi oder so ähnlich.«

»Ja, klar. Konnte er. Allerdings ist es kein Name. Es war genau so, wie du dachtest. Es ist nur ein Wort. Auch wenn es jemand anscheinend als Kosenamen für jemanden verwendete.«

»Was führst du eigentlich im Schilde?«, fragte sie.

»Was meinst du?«

»Du führst doch irgendwas im Schilde. Das sieht man doch. So siehst du immer aus, wenn du Kreuzworträtsel löst oder Schach spielst. Das habe ich schon bemerkt, als wir nach Hause kamen. Allerdings war es weder ein Kreuzworträtsel noch eine Partie Schach. Was versuchst du herauszufinden? Kann ich dir dabei helfen?«

Ich zögerte mit der Antwort. »Ich weiß es nicht. Vielleicht.«

Mama lächelte. »Vielleicht, sagst du. Vielleicht könnte ich dir helfen? Auf welche Weise?«

»Das weiß ich selber nicht so genau«, antwortete ich. »Vielleicht reicht es ja schon, dass du mit mir sprichst.«

Sie lachte. »Mit dir sprechen? Aber wir sprechen doch die ganze Zeit miteinander! Jetzt doch auch. Aber in Ordnung. Frag mich ruhig.«

»Also, gestern, als wir über Paul sprachen, da hast du gesagt, dass er vielleicht an irgendein Mädel, das er getroffen hatte, gedacht hätte«, fing ich an. »Weißt du, wer dieses Mädchen ist?«

Mama schüttelte den Kopf. »Nein. Ich weiß nicht mal, ob er überhaupt ein Mädchen getroffen hat.«

»Aber du hast geglaubt, dass er an ein Mädchen gedacht hat.«

»Das weiß ich nicht«, antwortete sie. »Das habe ich einfach nur so gesagt. Paul hat niemals darüber gesprochen, ob er ein Mädchen kennengelernt hatte. Ich meine, irgendein bestimmtes. Auf jeden Fall kann ich mich nicht daran erinnern. Ich weiß auch nicht, woran er gedacht hat. Es war nur so eine Idee; *vielleicht* dachte er an ein Mädchen. Vielleicht aber auch an etwas völlig anderes. Ich weiß es nicht.«

»Tat er so was öfter? Ich meine, sich wegträumen?«

»Ja, das kann man wohl so sagen.« Sie machte eine kurze Pause. »Stefan und Paul ähnelten sich in dieser Hinsicht. Und du weißt, wie Papa ist. Es passierte ziemlich oft.«

»Glaubst du, er war vielleicht traurig?«, fragte ich. »Glaubst du, deshalb hat er geträumt?«

»Traurig?«, murmelte sie. »Nein, ich glaube nicht, dass er besonders traurig war. Warum glaubst du das? Für gewöhnlich war er nicht besonders traurig. Nicht mehr als jeder andere auch.«

Ich wich ihrem Blick aus. »Daniel hat gesagt, dass Paul manchmal traurig gewesen sei«, sagte ich leise.

»Daniel«, flüsterte sie. »Sieh an.«

»Nun ja«, fuhr sie nach einem Moment fort, »vielleicht stimmt es ja. Aber hier zu Hause war er im Allgemeinen fröhlich. Und wir redeten viel, Paul und ich. Über alles Mögliche. Aber wenn er bei Daniel war, hat er vielleicht …«

»Hat er vielleicht was?«

Mama seufzte. »Na, ich weiß auch nicht. Vielleicht hast du es schon mal selbst gemerkt. Daniel ist wohl kaum das, was man gemeinhin einen glücklichen Menschen nennt. Ich meine, er ist ja ziemlich oft niedergeschlagen. Fast schon depressiv. Und Paul war ziemlich oft bei Daniel. Vielleicht fiel es Paul dann leichter, über etwas zu sprechen, was ihn bedrückte, wenn er mit Daniel zusammen war. Ich meine, vielleicht herrschte bei Daniel eine solche Stimmung. Eine Stimmung, die es einem leichter macht, über bedrückende Gedanken, über erdrückende Gedanken zu sprechen.«

»War Daniel auch traurig, als ihr jung wart?«, fragte ich.

»Daniel ist schon immer etwas schwermütig gewesen. Das liegt wohl in seiner Natur, nehme ich an. Aber ich habe ihn immer leiden können. Sehr sogar.«

»Weshalb ist er traurig?«

Sie schüttelte den Kopf. »Also wirklich, Jonas. Das musst du Daniel schon selbst fragen. Wenn du es denn um alles in der Welt wissen möchtest. Ich möchte jetzt nicht hier sitzen und über ihn und seine Gefühle reden. Das wäre so, als würde ich tratschen. Das verstehst du doch?«

»Schon.«

Wir saßen eine Weile schweigend da. Aus dem Wohnzimmer hörten wir die Erkennungsmelodie irgendeiner Fernsehserie. Ich schaute aus dem Küchenfenster und dachte an meinen Traum.

»Interessierte Paul sich für Schmetterlinge?«

Mama lachte auf. »Lieber Jonas, du hörst nie auf, mich zu überraschen. Wie kommst du denn darauf?«

Ich lächelte etwas verlegen. »Ich habe so was geträumt.«

Sie streckte die Hand aus und streichelte mir die Wange. »Du bist mir schon einer«, sagte sie. »Aber ich glaube *nicht*, dass er sich besonders für Schmetterlinge interessierte. Er interessierte sich für alles, was sich in der Natur bewegte: Säugetiere, Pflanzen, Vögel, eklige Insekten und Wale. Und sicherlich auch für Schmetterlinge.« Sie stand auf. »Was war das für ein Traum?«

»Ich habe geträumt, dass Paul in meinem Zimmer war. Und im Traum fragte ich ihn, wovon *er* geträumt hat, und da antwortete er, von Schmetterlingen. Das ist alles. Dann bin ich aufgewacht. Nein, das stimmt nicht. Dann öffnete er das Fenster und Tausende von Schmetterlingen flogen in mein Zimmer.«

Mama lächelte etwas wehmütig. »Was für ein schöner Traum.«

»Was, meinst du, könnte Paul so traurig gestimmt haben?«

»Das weiß ich nicht.«

»Hast du ihn denn nie traurig gesehen?«

»Natürlich habe ich das. Aber das war kein Dauerzustand. Nichts, das immer wiederkam. Überhaupt nicht. Aber sicher, ich habe ihn auch traurig erlebt.«

Dann schien sie einen Gedanken zu haben. »Ja, natürlich. Paul ist in der letzten Nacht traurig gewesen. Ich erinnere mich wieder. Seltsam. Ich hatte es schon fast vergessen.«

»Was? Weswegen war er traurig?«

»Er hatte irgendeinen Albtraum«, erzählte sie. »Sein Weinen hat mich aufgeweckt. Deshalb ging ich in sein Zimmer. Als ich hineinkam, bemerkte ich, dass er im Schlaf weinte. Er war nicht wach. Ich setzte mich auf die Bettkante und flüsterte ihm etwas Tröstendes zu. Seinen Namen, glaube ich. Und da wachte er auf. Ach, wie bekümmert er war. Wie ein kleines verlassenes Kind. Ich fragte ihn, warum er weinte. Und er sagte: ›Ich habe so schrecklich geträumt.‹ Ich erinnere mich, dass ich ihm die Tränen von den Wangen gewischt und ihn gefragt habe, was er denn geträumt hatte.«

Mama hatte selbst Tränen in den Augen. Ich beugte mich vor und ergriff ihre Hand.

»Was hat er geantwortet?«

»Er sagte, ›Ich habe geträumt, dass mein Schloss abgebrannt ist.‹ Genau. Das hat er gesagt. ›Ich habe geträumt, dass mein Schloss abgebrannt ist, und alle, die darin wohnten, sind verbrannt.‹« Dann weinte Mama.

Ich hielt ihre Hand und flüsterte. »Aber, aber.« Die Konturen ihres Gesichts wurden durch meine eigenen Tränen verwischt.

Papa kam in die Küche.

»Was ist denn los, Liebling?«, fragte er besorgt und ging neben Mama in die Hocke.

»Ach, nichts«, schluchzte sie. »Ich habe an Paul gedacht. Und ich … ach, es ist nichts.«

Papa seufzte und starrte mich an.

»Müsst ihr denn über ihn sprechen?«, fragte er.

»Wir haben doch nur …«, setzte ich an, aber Mama unterbrach mich.

»Nein, müssen wir nicht. Ich hatte lediglich an Pauls letzte Nacht gedacht. Erinnerst du dich? Erinnerst du dich daran, dass er in jener Nacht Albträume hatte?«

Papa nickte und streichelte ihre Hand. »Natürlich erinnere ich mich«, murmelte er.

»Ich hatte es schon fast vergessen«, sagte Mama und wischte sich die Tränen weg. »Und auf einmal … irgendwas ließ mich wieder daran denken. Merkwürdig. Vielleicht, weil Jonas von seinem Traum erzählte. Nun ja. Es geht wieder. Ich war nur etwas betrübt.«

»Bist du sicher?«, fragte Papa.

Und Mama lächelte.

»Ja, ja. Es geht schon wieder, danke.«

VIER

Einige Wochen später habe ich wieder von dir geträumt.

Ich wanderte durch eine Landschaft mit merkwürdig dumpfen Farben. Und obwohl ich mich überhaupt nicht auskannte, wusste ich, dass der Weg zu einem Haus führen würde, das ich noch nicht sehen konnte, ein Haus, in dem ich noch nie gewesen war. Dann – plötzlich – stand ich davor; das Haus war groß und grau. Aber die Fenster glänzten in allen Farben des Regenbogens. Wie die Fenster einer südeuropäischen Kathedrale.

Ich klopfte an die Tür.

Paul öffnete.

»Hallo Jonas«, sagte er lächelnd. »Ich bin gerade am Malen. Komm herein!«

Ich folgte ihm eine Treppe hinauf und durch einen langen Flur.

Paul öffnete die Flügeltüren am Ende des Korridors. Wir traten in einen großen Saal. Die Fenster waren unglaublich hoch, und ich konnte die Decke kaum erkennen.

Der Saal war im Großen und Ganzen leer. Aber in einer Ecke balancierte ein nackter Junge auf einem Hocker. Vor ihm stand eine Staffelei.

»Komm«, sagte Paul und ergriff meine Hand.

Wir gingen zur Staffelei. Paul zeigte auf sein Gemälde. »Gefällt es dir?«, fragte er.

Ich betrachte das Gemälde. Aber die Farben standen nicht still. Die Pinselstriche schienen sich immer noch auf der Leinwand zu bewegen, als ob sie sich nicht entscheiden könnten; die Linien wechselten permanent ihre Form und die Farben ihre Nuance.

»Ich weiß nicht«, antwortete ich.

Der nackte Junge war vom Hocker heruntergestiegen und hatte sich neben meinen Bruder gestellt. Seine Augen waren seltsam dunkel.

Er stellte sich vor meinen Bruder und streckte seine Hände aus; er betastete mit seinen Händen Pauls Haar, Stirn, Augen und Nase. Seine Finger folgten der Form von Pauls Lippen. Dann senkte er seine Arme und streichelte mit seinen Händen über Pauls Brustkorb und weiter über seine Hüften.

Paul lachte. Ich schaute.

Der andere Junge fuhr fort, über Pauls Körper zu tasten. Seine dunklen Augen waren weit geöffnet, trotzdem schien er seinen Blick nicht zu fixieren.

»Ich verstehe«, sagte ich.

Paul öffnete seine Augen und sah mich an. Er lächelte. »Was verstehst du?«, fragte er.

»Dieser Junge versucht sich mit seinen Händen ein Bild von dir zu machen«, sagte ich. »Er muss seine Hände benutzen, weil er nicht sehen kann. Er ist blind.«

Paul fing an zu lachen. Der andere Junge lachte ebenfalls. »Nein, Jonas«, sagte Paul. »Da liegst du falsch. Er ist überhaupt nicht blind. Du *bist es, der blind ist.* Du *bist es, der nicht sehen kann.«*

Und dann wurde alles schwarz.

Und ich erwachte.

»Was für ein merkwürdiger Traum«, flüsterte ich vor mich hin.

Ich stand auf und öffnete vorsichtig die Tür vom Kleiderschrank. Genauso vorsichtig holte ich das eine Fotoalbum hervor. Dann ging ich zum Bett zurück.

Ich sah mir die Bilder von dem anderen Jungen an, der von irgendjemandem – wahrscheinlich von Paul – draußen in Kammarviken ein Jahr vor meiner Geburt fotografiert wurde. Ich betrachtete die beiden Bilder genau. Ja, es waren exakt dieselben dunklen Augen wie die des Jungen in meinem Traum. Es war derselbe Junge. Aber auf den Bildern konnte er sehen. Könnte es so sein, wie Paul im Traum gesagt hatte; dass *ich* derjenige bin, der nicht sehen kann? Dass *ich* derjenige bin, der blind ist?

Was konnte ich in diesem Fall nicht sehen?

Das Gemälde!

Exakt. Das hatte ich nicht gesehen. Aber nein, das stimmt nicht. Ich *sah* das Gemälde doch. Auch wenn die Linien und Farben vor meinen Augen keine Geschlossenheit bildeten. Pauls Malerei offenbarte sich mir nicht. Oder war es so, dass das Motiv die ganze Zeit da, aber ich erblindet war?

Ich versuchte, einen Anhaltspunkt in den Fotos zu finden. Aber ich war zu müde, und die Gedanken wirbelten in meinem Kopf umher. Meine Augen kehrten immer wieder zu den dunklen Augen des anderen zurück. Und zu meinem Bruder.

Die Nachttischlampe war noch an. Das Fotoalbum glitt aus meinen Händen, ich schlief wieder ein.

FÜNF

Während der folgenden achtzehn Monate dachte ich oft an dich, daran, was ich geträumt und was ich erzählt bekommen hatte. Ich schaute mir immer wieder die Fotoalben an, aber ich konnte immer noch nicht verstehen, was ich nicht sehen sollte. Auch wenn ich davon ausging, dass mein Nicht-Sehen eigentlich gar nichts mit dem Gemälde im Traum zu tun hatte.

Einige Male hatte ich versucht, Daniel dazu zu bringen, mir zu erzählen, was er wusste, aber er wollte noch immer nicht seine Geheimnisse preisgeben. Also setzte ich meine Suche nach Anhaltspunkten auf deinen Fotografien fort.

Es war früh am Abend einige Tage vor meinem sechzehnten Geburtstag. Ich war gerade am Lesen, als das Telefon klingelte. Mama nahm ab. Sie redete eine Weile, aber ich konnte nicht hören, was sie sagte. Dann rief sie nach mir. »Es ist Daniel. Er möchte mit dir sprechen.«

»Hallo, Jonas. Ich bin's«, sagte Daniel. »Störe ich?«

»Nein, überhaupt nicht.«

»Also, es ist so, dass ich an deinem Geburtstag verreist bin. Ich werde zu meinem Bruder fahren. Und ich dachte mir, du könntest heute Abend vielleicht zu mir kommen, wenn du magst. Ich habe ein kleines Geschenk für dich.«

»Klar«, sagte ich, »ich komme gern.«

Ich schloss die Tür zu meinem Zimmer und öffnete den Kleiderschrank. Ich holte meine Schatzkiste mit dem Brief und die beiden Fotoalben heraus. Ein Teil der Fotos war festgeklebt. Das hatte ich bereits festgestellt, als ich sie zum ersten Mal angeschaut hatte. Doch der Rest war mit Fotoecken befestigt. Ich löste die beiden Bilder des anderen Jungen und zwei Bilder von Paul.

Plötzlich bemerkte ich etwas. Jemand hatte auf die Rückseite des einen Fotos von dem anderen Jungen *Mému malému Princi* geschrieben.

Ich starrte überrascht auf die fremden Worte, bevor ich die Alben und die Schatzkiste wieder versteckte.

»Na, Jonas«, sagte Daniel, nachdem wir gegessen hatten. »Jetzt wird es Zeit für das Geschenk. Was meinst du?«

Er lächelte, erhob sich aus dem Sessel und holte ein kleines rotes Paket.

»Du musst das Papier entschuldigen«, sagte er lächelnd, »aber ich hatte nur Weihnachtspapier da. Bitte schön.«

»Danke!«

Ich hielt das Paket in meinen Händen.

»Nun mach schon! Du brauchst nicht bis zu deinem Geburtstag zu warten.«

Ich riss das Papier auf. Weihnachtsrot und Gold. Es waren zwei kleine Schachteln.

»Mach sie auf«, forderte Daniel mich auf.

In der ersten lag eine kleine geschnitzte Holzfigur, ein ebenholzschwarzes Wesen mit großen Augen.

»Sie sieht beinahe so aus wie diese Klee-Figur an der Wand«, sagte Daniel. »Aber sie ist aus Afrika. Aus Ghana. Sie nennen die Figuren *Akua ba*. Es ist eine Fruchtbarkeitsgöttin. Oder Liebesgöttin, wie man möchte. Du kannst sie um den Hals tragen oder an die Wand hängen.«

»Sie ist wunderschön. Danke, Daniel.«

Er lachte und zeigte auf das zweite kleine Päckchen.

Ich öffnete es. Darin waren zwei zusammengerollte Hundertkronenscheine.

»Jetzt kannst du selbst etwas kaufen, was du haben möchtest«, sagte Daniel lächelnd.

»Du bist verrückt«, sagte ich. »Das ist viel zu viel.«

»Ach, überhaupt nicht.«

»Danke!«, wiederholte ich.

Wir saßen eine Weile schweigend da; hörten der Musik zu. Nippten am Kaffee. Ich blätterte in einem Kunstband. Dann dachte ich an meinen Umschlag. Ich ging in die Diele und holte ihn.

»Was hast du mitgebracht?«, fragte Daniel. »Ist das ein Brief?«

Ich nickte.

»Ist es … ist es *der* Brief? Den du auf dem Dachboden gefunden hast?«

Er sah mich forschend an.

»Warum hast du ihn mitgebracht?«

»Ich wollte ihn dir zeigen«, fing ich an. »Ich dachte … du würdest vielleicht …«

Er seufzte und schüttelte den Kopf.

»Du gibst wohl niemals auf. Was führst du im Schilde? Sara erzählte, dass du sie auch gefragt hättest. Nicht, dass sie etwas dagegen hätte. Im Gegenteil. Sie scheint das alles ganz spannend zu finden. Aber ich weiß nicht … Ich weiß nicht, wohin das Ganze führen soll. Ich habe es dir ja schon mal gesagt; ich will nicht geheimniskrämerisch sein. Aber ich bezweifle, ob deine Fragerei einen Nutzen hat. Worauf willst du hinaus? Was glaubst du zu finden?«

»Meinen Bruder«, antwortete ich leise.

Daniel zögerte einen Moment.

»Das ist ein … ein sensibles Thema, auf das du dich einlässt, Jonas. Und ich bin nicht sicher, ob dir gefällt, was du entdeckst.

Vielleicht wirst du es sogar hassen.« Er machte eine Pause. »Oder einen von uns, die dabei waren.«

»Hassen?« Ich war überrascht. »Ich werde niemanden hassen. Weshalb sollte ich? Ich will lediglich meinen Bruder kennenlernen. Ich will wissen, wer er ist. Wer er war, meine ich.«

Daniel schwieg eine lange Weile. Dann begann er zu reden. »Ich kann sehr gut verstehen, dass du deinen Bruder kennenlernen willst. Das verstehe ich wirklich. Du bist ... du bist ein bisschen romantisch, glaube ich. Und du möchtest dir ein Bild deines verstorbenen Bruders machen. Du möchtest, dass er dir näher ist. Das begreife ich, Jonas. Ich würde an deiner Stelle höchstwahrscheinlich dasselbe tun. Auch wenn ich wohl ein wenig zögern würde, bevor ich jemanden fragte. Andererseits, klar, wie solltest du ahnen, dass es vielleicht etwas gibt ... In der Vergangenheit zu bohren, kann wie das Umdrehen von Steinen sein; meistens findet man nur jede Menge ekliges Gewürm.« Er stand auf und sah mich an. »Was ich meine, ist, dass du bei deiner Suche vielleicht auf einige unangenehme Dinge stoßen könntest, von denen du lieber nichts gewusst hättest.«

Er steckte sich eine Zigarette an.

»Okay, Jonas. Machen wir es so. Du darfst mich fragen, was du willst. Aber ich verspreche nicht, dass ich dir antworten werde. Einverstanden?«

Ich wusste nicht, wo ich anfangen sollte. Also nahm ich den Brief und gab ihn Daniel. Er betrachtete ihn und las ihn langsam.

»Was für eine fremdartige Handschrift«, murmelte er.

»Genau das habe ich zuerst auch gedacht. Als ich sie zum ersten Mal gesehen habe, meine ich. Mittlerweile glaube ich, dass der Brief von jemandem geschrieben wurde, der in einem anderen Land schreiben gelernt hat. Aus diesem Grund finden wir, dass die Handschrift fremd ist. Ich glaube, dass er von jemandem aus der Tschechoslowakei geschrieben wurde.«

»Ach ja?«

»Das ist natürlich nur geraten«, fuhr ich fort. »Aber weil *Princi* Tschechisch ist und weil die Handschrift so anders ist …«

Ich beobachtete Daniel, während ich redete.

»Was glaubst du?«, fragte ich.

»Vielleicht stimmt es ja.«

»Du hast mir doch erzählt, was Princi bedeutet. Du hast mir erzählt, dass es Tschechisch ist. Aber als du mir das erzählt hast, habe ich nicht daran gedacht, dich zu fragen, wieso du das weißt.«

»Ich wusste es nicht, bis Paul es mir erzählte«, sagte Daniel.

»Genau. Ich dachte es mir. Aber was hat Paul dir erzählt? Sagte er einfach nur, dass es Tschechisch ist? Sagte er nichts über die Person, die ihm das Wort beigebracht hat?«

»Nicht viel.«

Er zögerte einen Moment.

»Doch, er sagte, dass die Person, die ihn Princi nannte, aus der Tschechoslowakei kam.«

Ich lächelte.

Daniel sah mich fragend an.

»Jetzt hast du es wieder getan«, sagte ich.

Er fuchtelte mit den Armen.

»Was?«

»Du hast gesagt …«

»Ja?«

Ich holte tief Atem, bevor ich antwortete. »Als du mir erzählt hast, dass sich jemand in Paul verliebt hat, habe ich gefragt, ob du wüsstest, wie sie hieß. Du hast gesagt, du erinnerst dich an keinen Namen. Und als ich dich gefragt habe, ob sie auf der Beerdigung gewesen wäre, hast du gesagt, dass ›die Person, in die Paul verliebt war‹ nicht bei der Beerdigung gewesen ist. Und jetzt auch … Gerade hast du gesagt, dass ›die Person, die ihn Princi nannte‹, aus der Tschechoslowakei kam.«

Ich wagte kaum weiterzureden.

Daniels Augen fixierten mich.

»Ja?«, sagte er kurz angebunden. »Und?«

»Ich glaube … ich glaube, dass Paul in einen Jungen verliebt war. In einen tschechischen Jungen.«

Es wurde mucksmäuschenstill. Ich wagte kaum zu atmen.

Daniel war völlig blass. Er zog an seiner Zigarette, sah mich nicht mehr an.

»Es war doch so?«, flüsterte ich.

»Ja.«

Ich seufzte erleichtert.

Daniel erhob sich und begann im Zimmer umherzugehen, steif und etwas wankend. Hin und wieder blieb er stehen, betrachtete etwas, berührte etwas. Eine Weile stand er am Bücherregal und betrachtete ein Bild, das ich aus Mamas Fotoalbum kannte, eine Kinderzeichnung von Daniel und Mama und einem großen russischen Windhund namens Durak. Ich erinnere mich noch immer daran, wie sie mir den Namen des Hundes nannte. »Er hieß Durak«, sagte sie. Ich fand, das klang märchenhaft, fast magisch.

Daniel drehte sich um, und unsere Blicke kreuzten sich.

»Also«, begann er, und seine Stimme klang anders als sonst. »Es stimmt. Es war ein Junge. Und er kam aus der Tschechoslowakei. Aber ich weiß tatsächlich nicht, wie er hieß. Paul hat sicherlich mal seinen Namen genannt, aber ich erinnere mich nicht mehr. Erinnere mich nur noch, dass er mit M anfing.«

Er sah mich an. »Jonas«, er flüsterte fast, »wie konntest du das wissen?«

Ich zuckte mit den Schultern. »Es war so ein Gefühl.«

»Aber ich war der Einzige, der es wusste«, sagte Daniel. »Ich war der Einzige, dem er es erzählt hat. Der Einzige, dem er es wagte zu erzählen. Sara wusste nichts. Sie weiß es immer noch nicht. Und Stefan auch nicht. Ich war der Einzige, der es wusste.«

»Wann hat Paul es dir erzählt?«, fragte ich. »Dass er … ich meine …«

Daniel nickte. »Daran erinnere ich mich sehr gut. Ich weiß sogar noch das Datum. Denn es war die Nacht vor Lucia. Der zwölfte Dezember 1968.«

»Nachts?«

»Ja. Nachts.«

»Erzähl!«

Daniel bat mich, ihm ein Bier aus dem Kühlschrank zu holen.

Ich schenkte ihm ein großes Glas ein und stellte es vor ihn hin.

»Danke. Nimm dir eine Limo oder irgendwas, wenn du möchtest.«

Ich schüttelte den Kopf.

»Nein danke. Ist gut so. Erzähl jetzt von Paul. Erzähl mir, was in der Nacht vor Lucia geschah!«

SECHS

»Es war die Nacht vor Lucia«, begann Daniel. »Ich erinnere mich sehr gut. Ich war hier, hörte gerade Radio. Sie brachten ein Gedenkprogramm über Jan Johansson. Du hast vielleicht schon mal von ihm gehört? Er war Jazzpianist. Er war einige Tage vorher bei einem Autounfall ums Leben gekommen. Sie spielten Musik von ihm und erzählten über ihn. Und mitten während eines Stückes klopfte es an meine Tür. Ich dachte zuerst, jemand würde sich beschweren, dass mein Radio zu laut war, es war bereits halb zwölf. Ich drehte den Ton leiser und ging in die Diele. Bevor ich öffnete, hörte ich, dass jemand vor meiner Tür weinte. Ich öffnete. Paul fiel beinahe durch die Tür in meine Arme. Tränen liefen über seine Wangen. Er roch nach Alkohol. Alkohol und Tränen! Ich führte ihn herein, half ihm aus den Stiefeln und seiner Jacke.

Er lehnte sich an mich, als ich mich neben ihn setzte. Und er weinte noch mehr. ›Aber, aber‹, sagte ich tröstend und legte meine Arme um ihn. Er wirkte so klein in meinen Armen, obwohl er fast genauso groß war wie ich. Er weinte eine Weile …«

Ich wartete – fast andächtig – darauf, dass er fortfahren würde.

»Als er aufgehört hatte zu weinen, fragte ich ihn, ob er etwas Warmes trinken wolle. Er war den ganzen Weg aus der Stadt hierher gelaufen, und es war kalt draußen. Er nickte und sagte, dass er gerne eine Tasse Schokolade trinken würde. Dann setzte ich mich wieder neben ihn, fragte ihn, was geschehen sei. Und Paul fing an zu erzählen. Er erzählte, dass er mehr an Jungen als an Mädchen interessiert wäre, dass er das seit vielen Jahren gewusst hätte, aber dass er die ganze Zeit, zumindest am Anfang, versucht hätte, diese Gefühle zu verdrängen. Dass er versucht habe, seine Gefühle zu unterdrücken, aber dass sie sich immer wieder bemerkbar machten. Am schwierigsten fand er das beim Sportunterricht in der Schule. Er sah all die anderen Jungs in der Klasse, im Umkleideraum und unter der Dusche nach der Sportstunde. Und er versuchte, nicht hinzuschauen. Aber es war schwierig.

Er erzählte, dass es in der Parallelklasse einen besonderen Jungen gab, für den er sich seit Langem interessierte. Ich glaube, er hieß Göran. Ja, Göran. Und Paul erzählte, dass auch Göran immer die anderen Jungen beobachtete. Er – also Göran – tat immer so, als seien die anderen Jungs ›Bräute‹. Er grabschte sie unter der Dusche an. Und lachte. Und Paul erzählte, dass Göran viel größer und stärker war als die anderen, sodass keiner wirklich wagte, ihm Widerstand zu leisten.

Ich sagte nichts. Zunächst zumindest nicht. Aber dann verstummte Paul. Er saß nur hier neben mir, wärmte sich seine Hände an der Tasse. Und ich fragte ihn, ob gerade an diesem Abend etwas Besonderes passiert sei. Paul nickte. ›Erzähl es mir‹, bat ich ihn. ›Vielleicht kann ich dir helfen.‹ Und da lächelte er zum ersten Mal an jenem Abend.«

Daniel rieb sich die Augen.

»Kannst du dir das vorstellen, Jonas? Obwohl er so mitgenommen war, lächelte er.«

»Hat er erzählt, was passiert ist?«, fragte ich. Ich war fast den Tränen nahe.

»Natürlich. Er erzählte, dass er zu einem Fest eingeladen war. Einem Luciafest. Es waren Freunde von Pauls Klassenkameraden, die das Fest in der Stadt veranstalteten. Es war ›elternfrei‹. Paul ist mit einigen Freunden hingegangen. Sie haben getrunken, nicht viel, aber sie waren es nicht gerade gewohnt zu trinken. Paul war ziemlich blau. Gerade so viel, dass er sich traute, Göran näherzukommen.

Er stand draußen im Flur in der Schlange vor der Toilette. Göran kam dazu und stellte sich hinter ihn. Sie unterhielten sich. Paul wankte plötzlich. Er erzählte, dass er gestürzt wäre, wenn Göran ihn nicht festgehalten hätte. Aber Göran ließ ihn nicht wieder los, als Paul sich gefangen hatte. Er stand ganz dicht neben Paul und hielt ihn umschlungen. Und da gab Paul ihm einen Kuss auf die Wange. Göran lachte und fragte, ob Paul in ihn verliebt wäre. ›Vielleicht‹, antwortete Paul. ›Bist du etwa schwul?‹, fragte Göran lachend. Es war kein gemeines Lachen, laut Paul. Also wagte er es, seine frühere Antwort zu wiederholen. ›Vielleicht.‹

Dann war die Toilette frei. Und Paul fragte, ob Göran mitkommen wolle. Göran fragte, warum er das wolle. ›Wir können dann über Kreuz pinkeln‹, antwortete Paul.

Göran ging mit. Er schloss die Tür ab. Und als sie fertig waren, drehte sich Göran um und fragte Paul, ob er das ernst gemeint hatte im Flur. ›Klar‹, sagte Paul. Göran kam noch näher, griff Pauls Hand, der gerade seinen Reißverschluss zumachen wollte. ›Was machst du?‹, fragte Paul. ›Ich taste mich vor‹, antwortete Göran und … und fing an, Pauls Glied zu streicheln. Paul erzählte, dass er sich gleichzeitig sowohl glücklich als auch ängstlich gefühlt habe. ›Hier‹, sagte Göran und führte Pauls Hand zu seinem… zu seinem Glied.«

Ich hörte Daniels Erzählung gespannt zu. Ich zog die Beine aufs Sofa und schlang die Arme um meine Knie.

»Frierst du?«, fragte Daniel. »Soll ich das Fenster schließen?«

»Nein, nein. Ich friere nicht. Ist okay.«

»Also, dann erzählte er, dass er gefühlt habe, wie Görans Glied in seiner Hand gewachsen sei, aber dass er sich nicht traute, das zu machen, was Göran wollte. ›Bist du feige?‹, fragte Göran. Aber Paul antwortete, dass er lieber irgendwo anders hingehen würde.

›Sie stehen doch draußen an. Es sind doch noch andere, die hier rein wollen.‹ Göran wurde ärgerlich. ›Du wolltest doch, dass ich mit reinkomme‹, zischte er. ›Dann kannst du ja wohl irgendwas machen.‹ Aber Paul wollte nicht. Dann zog er sich zurück.

Göran zog seinen Reißverschluss zu und stieß Paul hart in die Brust. Er war völlig unvorbereitet, verlor die Balance und fiel rückwärts gegen die Badewanne. Er schlug mit dem Kopf auf die Kante und schaffte es nicht einmal aufzustehen, bevor Göran die Tür aufgeschlossen hatte. Jemand aus der Schlange kam herein und stellte sich in die Türöffnung. ›Was geht denn hier ab?‹, wollte er wissen. Und Paul konnte Görans Antwort aus der Diele hören. ›Dieser Scheißschwule Paul. Er hat mich auf dem Klo angegrabscht.‹

Paul hörte, wie sie lachten. Er stand auf, zog den Reißverschluss zu und drängte sich an dem anderen vorbei. Er kam noch rechtzeitig in die Diele, um einen anderen Klassenkameraden sagen zu hören: ›Und du, Göran, was hast *du* da drin auf dem Klo mit einem anderen Kerl gemacht?‹ Paul sah, wie Görans rechte Faust den anderen direkt im Gesicht traf. Der Junge stürzte. Blut rann aus seiner Nase, und er fing an zu weinen. ›Zum Teufel noch mal!‹, schrie Göran. ›Heulst du etwa! Man könnte ja glatt meinen, du wärst auch schwul!‹ Paul nahm seine Sachen und raste davon. Hierher, zu mir.«

»Was für ein Scheißkerl!«, brach es aus mir heraus. »Wie kann man so was nur tun?«

Daniel schüttelte den Kopf. »Beruhige dich«, sagte er. »Man sollte nicht so schnell urteilen. Göran war bestimmt genauso ängstlich und verunsichert wie Paul. Jeder reagierte lediglich auf seine Art. Göran wurde wütend und benutzte seine Fäuste. Während Paul eher der war, der sich zurückzog.«

»Ich finde auf jeden Fall, dass er sich wie ein Schwein benommen hat«, schimpfte ich erbost. »So was tut man einfach nicht.«

Daniel beugte sich vor und berührte meine Hand. »Doch, Jonas. So was macht man. So was tun die Menschen die ganze Zeit; sich gegenseitig verletzen. Einander plagen. Nur weil sie selbst unsicher sind oder gewisse Dinge nicht begreifen können. Oder nicht begreifen *wollen*. Das passiert die ganze Zeit. Ich habe dich doch gewarnt, oder? Ich sagte, dass das, was ich erzählen würde, vielleicht nicht ganz angenehm sein wird.«

Ich nickte stumm.

Nach einer Weile bat ich Daniel fortzufahren.

»Ich glaube, es reicht«, sagte er. »Es wird schon spät. Und Sara wollte nicht, dass du so spät nach Haus kommst.«

»Ich weiß.«

Ich hatte Daniel noch immer nicht die Fotos gezeigt, die ich dabei hatte. Und ich hatte noch nichts über diesen tschechischen Jungen erfahren, der meinen Bruder Princi nannte. Und noch etwas wollte ich Daniel fragen.

»Nur einen kurzen Moment«, bat ich ihn.

Er schüttelte den Kopf. »Nein, es reicht jetzt. Ich kann dir ein anderes Mal mehr erzählen. Vielleicht. Jetzt weißt du ja zumindest schon ein bisschen mehr. Übrigens, ich möchte nicht, dass du Sara oder Stefan irgendetwas davon erzählst. Sie wissen von nichts. Und es gibt keinen Grund, dass sie es erfahren sollten. Ich meine, es würde sie nur traurig machen. Und das möchte ich nun wirklich nicht. Wenn Paul nicht so jung gestorben wäre, hätten sie seine Homosexualität natürlich entdeckt. Ich meine, sie hätten es unter eher ›natürlichen‹ Umständen erfahren. Aber da er starb, bevor er es selbst erzählen konnte, und da er nicht gerade … nun, wie auch immer, sie brauchen es jetzt nicht mehr wissen. Es würde sie nur verwirren. Ich hätte es dir niemals erzählt, wenn du es nicht schon geahnt hättest. Wie auch immer du das angestellt hast. Das verstehe ich nicht. Aber versprich mir, dass du es nicht deinen Eltern erzählst.«

»Klar«, sagte ich. »Aber dann musst du mir versprechen, mir ein anderes Mal mehr zu erzählen.«

Daniel runzelte die Stirn. »So was nennt man Erpressung. Darauf lasse ich mich nicht ein.«

»Entschuldige. Ich habe es nicht so gemeint. Aber ich möchte, dass du mehr erzählst. Das kannst du doch machen? Ich habe dir übrigens auch einiges zu erzählen.«

Er lachte. »Nun, das kann ich mir vorstellen. Wir werden sehen.«

Daniel stand in der Tür zur Diele und sah mich an, als ich die Wildlederjacke anzog.

»Sie ist schön, die Jacke«, sagte er. »Sie steht dir.«

»Ja, das sagen Mama und Papa auch. Allerdings wird sie langsam etwas zu klein.«

Ich schnürte meine Schuhe zu, stand auf und sah Daniel an. Ich wollte zu ihm hingehen. Aber er schien so weit weg zu stehen. Ich machte einen Schritt auf ihn zu.

»Du, Daniel ...«, setzte ich an, wurde aber durch das Klingeln des Telefons unterbrochen.

»Das wird Sara sein«, sagte Daniel. »Sie ruft an, um zu fragen, wo du bleibst. Lauf nach Hause, dann brauche ich sie nicht anzulügen.«

»Aber ...«

Er kam zu mir, legte mir die eine Hand auf die Schulter und strich mir mit der anderen über die Wange.

»Lauf jetzt, mein Junge. Wir können uns wieder treffen.«

SIEBEN

Das zweite Schulhalbjahr hatte begonnen, aber ich lag mit einer Grippe im Bett. Als das Fieber nachließ, wurde mir richtig langweilig. Darum holte ich Pauls Fotoalbum hervor.

Ich lag im Bett und betrachtete das Bild, auf dem du aus dem Badezimmer kommst. Ich versuchte, deine Augen zu erkennen, aber das Foto war zu unscharf. Einen Moment bildete ich mir sogar ein, den Abdruck von Görans Hand auf deiner Brust zu sehen. Wie ein Stigma. Aber es war nur Einbildung. Ich versuchte, alle unsere Ähnlichkeiten zu entdecken. Aber ich fand, wir sahen uns nicht besonders ähnlich.

Dann dachte ich an den großen Spiegel an der Innentür des Garderobenschranks in der Diele.

Ich stieg aus dem Bett und öffnete den Garderobenschrank. Ja, ich konnte mich von der Badezimmertür aus im Spiegel sehen. Aber irgendetwas fehlte. Na klar. Das Handtuch. Ich nahm ein Handtuch vom Haken, hielt es in der rechten Hand und stellte mich in einer ähnlichen Position auf wie du auf dem Foto. Ja, jetzt war es genauer. Aber es stimmte immer noch nicht ganz. Meine Haare. Deine Haare waren nass und standen in alle Richtungen ab. Einen Moment zögerte ich. Aber dann machte ich mir die Haare im Waschbecken nass.

Eine ganze Weile stand ich da und schaute – mal auf das Foto von dir – aufgenommen vor einem anderen Badezimmer ungefähr siebzehn Jahre früher – und mal in mein eigenes Spiegelbild.

Wir waren einander wirklich ähnlich. Auch wenn ich etwas schmächtiger bin. Aber wir waren uns ähnlich. Wie Brüder.

Im selben Moment öffnete Papa die Haustür am anderen Ende der Diele.

»Hallo!«, rief er.

Blitzschnell zog ich die Badezimmertür zu und schloss ab.

»Hallo, Papa!«, rief ich und trocknete mir die Haare.

Ich hörte, wie er die Tür vom Garderobenschrank schloss. Und mir fiel ein, dass meine Unterhose noch in meinem Zimmer lag.

Ich fühlte meine Haare an; sie waren einigermaßen trocken. Dann spülte ich.

Papa saß mit der Zeitung am Küchentisch. Er sah auf, als ich die Badezimmertür öffnete. Sein Blick traf meinen. Jetzt kommt's, dachte ich.

»Zum Teufel, Jonas!«, polterte er los. »Du kannst doch nicht nackt rumlaufen, wenn du krank bist. Dann wirst du ja nie gesund.«

»Ja, ich weiß. Aber ich musste dringend auf die Toilette.«

Ich verschwand in mein Zimmer, ließ das Foto, das ich in der Hand zusammengerollt hatte, unauffällig verschwinden. Ich zog mich an und ging zu Papa.

»Hast du immer noch Fieber?«

»Nein, ich glaube nicht. Aber ein bisschen Kopfschmerzen und Schmerzen in der Brust.«

Ich hustete ein bisschen.

Er faltete die Zeitung zusammen und kratzte sich an der Schulter. »Hast du den ganzen Tag im Bett gelegen?«

Ich nickte.

»Langweilst du dich?«

»Ja.«

»Kannst du denn nicht irgendwas lesen?«

»Ja, schon. Aber ich habe keine richtige Lust dazu.«

»Dann musst du dir wohl was anderes einfallen lassen«, sagte er. »Etwas, das du im Bett machen kannst. Es ist wohl besser, dass du noch eine Weile im Bett bleibst. Du könntest ja zeichnen. Das habe ich immer gemacht, als ich klein war und krank im Bett lag. Oder schreiben. Ja, schau mich nicht so überrascht an. Du könntest zum Beispiel Briefe schreiben. An irgendeinen Freund. Oder an Großmutter. Oder vielleicht könntest du Tagebuch schreiben. Das hat Paul immer gemacht.«

Ich horchte auf.

»Paul hat Tagebuch geschrieben?«

»Wusstest du das nicht?«

»Nein, ich glaube nicht, dass mir das jemand erzählt hat.«

»Doch, er hat das über viele Jahre getan.«

»Wo ist sein Tagebuch?«

Papa schüttelte den Kopf. »Das weiß ich nicht. Darüber habe ich nicht nachgedacht. Aber sie liegen bestimmt irgendwo. Entweder in seinem ...« Er verstummte abrupt. Dann kicherte er und lächelte. »In *deinem* Zimmer, meine ich natürlich.«

»Glaubst du wirklich?«

»Ja, entweder dort oder oben auf dem Dachboden. Ich weiß es nicht.«

Ich starrte ihn an.

»Du siehst nicht gerade gesund aus«, sagte er. »Du solltest dich besser wieder hinlegen. Ich fahre wieder zur Arbeit. Ich wollte nur eben sehen, wie es dir geht.«

»Mir? Deshalb bist du nach Hause gekommen?«

Ich fühlte mich beinahe peinlich betroffen; normalerweise war er selten besorgt.

»Ich lege mich jetzt wieder hin«, murmelte ich.

In der Tür zur Diele drehte ich mich um. Papa lächelte und nickte mir zu.

»Danke!«, sagte ich leise.

ACHT

Die Haustür fiel ins Schloss. Papa war gegangen.

Ich lag in meinem Bett. Mein Herz raste; ich spürte, wie der Puls gegen meine Schläfen pochte.

Paul hatte Tagebuch geschrieben. Nicht auszudenken, wenn mir das entgangen wäre. Aber wo waren alle seine Tagebücher jetzt?

Ich sah mich im Zimmer um. Die Möbel waren – soweit ich wusste – dieselben, die Paul schon hatte, als das noch sein Zimmer war. Nur das Bett war neu.

Neben dem Bett standen ein Nachttischchen mit einer Schublade und dahinter ein alter Ledersessel, den ich selten benutzte. Vor dem Fenster stand ein Schreibtisch mit einem Schränkchen und drei Schubladen, und links vom Schreibtisch gab es zwei Bücherregale; das eine an der Fensterwand und das andere an der Wand, die an Mamas und Papas Schlafzimmer grenzte. Zwischen den Regalen und den beiden Kleiderschränken stand meine Kommode. Das waren alle Möbel in meinem Zimmer. Das waren die Möbel, die du in deinem Zimmer hattest, Paul. Also, wo könntest du dein Tagebuch versteckt haben?

Ich versuchte mich in deine Lage zu versetzen; tat so, als hätte ich ein Tagebuch, das niemand entdecken sollte. Wo würde ich es verstecken?

Ich hatte immer noch meine alte schwarze Blechkiste – meine Schatzkiste. Die war abschließbar und brauchte deshalb nicht versteckt zu werden. Trotzdem stellte ich sie immer auf den Boden des einen Kleiderschranks oder unter das Bett.

Wo hast du dein Tagebuch versteckt, Paul?

Ich suchte jedes einzelne Möbelstück ab; öffnete Schubladen und Schränke, fühlte an der Innenseite der Möbel in der Hoffnung, irgendwo ein Geheimfach oder ein festgeklebtes Tagebuch zu finden. Ich kletterte auf einen Stuhl und tastete die Oberfläche der Regale ab, aber fand nur Staub. Ich zog den Stuhl zu den Kleiderschränken und fand dort oben noch mehr Staub. Ich kletterte sogar auf den Schreibtisch, um an das Metallgitter der Belüftung zu gelangen. Aber das war fest geschweißt.

Ich fand kein einziges Tagebuch.

Das Einzige, was ich fand, war eine Plastiktüte mit Spielzeugautos, die ich selbst einige Jahre zuvor hinter die Bücher im Regal gestopft hatte. Die hatte ich schon vergessen. Ich schaute in die Tüte; es war wie eine Zeitreise neun, zehn Jahre zurück.

Es waren nur die Lieblingsautos, die ich aufgehoben hatte. Die anderen hatte ich meinen jüngeren Cousins geschenkt. Ich drehte die Tüte um und schüttete die Autos aufs Bett: ein roter kleiner Doppeldecker, ein blauer Hillman mit Heckscheibe zum Öffnen, ein rostiger Chevrolet, der einmal rosa gewesen war, ein dunkelroter Pferdetransporter, der Paul gehört hatte. EXPRESS, HORSE BOX, HIRE SERVICE. Blassgelbe Buchstaben. Und dann das schönste Auto, ein blauer Austin mit Steuer am Dach. Ein rotes Plastiksteuer. Wenn man am Steuerrad drehte, schwenkten die Vorderräder um. Im Auto saßen zwei Plastikfiguren, ein Fahrlehrer und sein Schüler. Den Austin hatte ich von Papa zu meinem dritten Geburtstag bekommen. Auch wenn ich mich nicht mehr daran erinnere. Aber ich erinnere mich, dass das mein allerschönstes Auto war, mein allerschönstes Spielzeug.

Ich betrachtete die Autos eine ganze Weile. Ich roch an ihnen, berührte sie. Und ich fuhr mit dem blauen Austin ein wenig auf meinem Nachttischchen herum; die Steuerung funktionierte nach wie vor perfekt, auch wenn die schwarzen Gummireifen etwas abgestumpft wirkten. Vielleicht waren sie vertrocknet. Genau wie der Gummibelag auf der Tischtenniskelle von Paul.

Mama weckte mich, als sie nach Hause kam.

»Wie geht es dir?«, fragte sie und fühlte meine Stirn.

»Mir geht es schon besser«, sagte ich. »Ich glaube, ich habe kein Fieber mehr.«

»Ja, du fühlst dich nicht mehr so warm an. Hast du lange geschlafen?«

»Ein paar Stunden.«

Sie schaute auf mein Nachttischchen, wo immer noch der Austin und der Pferdetransporter standen.

»Hast du auch mit den Autos gespielt?«, fragte sie mit kindlicher Stimme.

Ich lächelte. »Ich habe sie im Bücherregal gefunden, als ich nach einem Buch suchte.«

Mama lachte.

»Du brauchst dich nicht rechtfertigen«, sagte sie lächelnd. »Ich verstehe auch so.« Sie betrachtete die Autos wieder.

»Wie komisch,« sagte sie nach einer Weile.

»Was?«

Sie hob das rote Transportfahrzeug hoch. »Dieses hier hat Paul zu seinem dritten Geburtstag bekommen. Stefan hatte es ihm gekauft. Damals waren noch drei Pferde darin. Aus Plastik. Aber die verschwanden bald.«

Sie stellte es zurück auf das Nachttischchen. »Und dieses hier hast *du* zu deinem dritten Geburtstag bekommen. Ebenfalls von Stefan.«

Ich sah ihre Augen, während sie sprach; ich sah diesen dunklen Schatten, der dann erscheint, wenn man traurig ist. Dennoch fand ich, dass ihre Augen funkelten. Als ob sie trotz allem glücklich war.

»Und jetzt stehen sie hier nebeneinander auf deinem Nachttischchen«, fuhr sie fort. »Die Dritter-Geburtstagsgeschenke der zwei Brüder. Erinnerst du dich, als dein Auto verschwunden war? Dieses blaue, meine ich?«

Ich schüttelte den Kopf.

»Du warst völlig verstört. Wir dachten schon, du würdest nie aufhören zu weinen. Und als wir es endlich fanden, wolltest du es nicht wieder loslassen. Du hattest es immer und überall dabei. Sogar als du geschlafen hast.« Sie lachte. »Erinnerst du dich?«

»Nein. Ich weiß nur noch, dass es mein schönstes Auto war. Mein Lieblingsauto.«

»Und jetzt hat du wieder angefangen, mit ihnen zu spielen«, scherzte sie und verschwand lächelnd in Richtung Küche.

Am darauf folgenden Abend waren meine Eltern zu einer Feier eingeladen.

»Wir werden wohl sehr spät nach Hause kommen«, sagte Mama. »Du musst dich selbst versorgen.«

Wir saßen in der Küche und aßen zu Abend. Es war der erste Tag seit über einer Woche, den ich nicht im Bett verbracht hatte.

»Ach, übrigens«, sagte ich. »Könntest du nicht Daniel bitten herzukommen? Wenn er Lust hat.«

Sowohl Mama als auch Papa starrten mich an.

»Ach«, sagte Mama, »nicht nur, dass du wieder angefangen hast mit Autos zu spielen. Jetzt willst du auch noch einen Babysitter. Wirst du wirklich sechzehn?«

»Ich spiele Zeitmaschine«, sagte ich.

»Es gibt doch einen Film im Fernsehen«, sagte Papa. »Einen Western. Den kannst du dir doch ansehen. Dann langweilst du dich nicht.«

»Na, ich fürchte nicht, dass ich mich langweile. Ich möchte einfach nur Daniel treffen. Und weil ihr doch sowieso weg seid …«

»Na klar«, sagte Mama. »Er wird sich freuen. Ruf ihn an und frage ihn.«

»Ja, das werde ich«, sagte ich und konnte sehen, wie sich Papas Gesicht verdüsterte.

NEUN

Ich setzte mich neben Daniel.

»Ich bin schon lange nicht mehr hier gewesen«, sagte er. »Schön, dass du mich angerufen hast.«

Er warf einen Blick auf den flimmernden Fernsehbildschirm. »Was meinst du, ob das da der Held ist?«, fragte er und zeigte auf den Fernseher. Ein Mann mittleren Alters mit einem ungewöhnlich traurigen Gesichtsausdruck ritt gerade lässig in den kleinen Ort. Während er auf einem Strohhalm rumkaute, sprach er mit seinem Pferd.

»Na, Schwarzer, dann werden wir uns jetzt mal in diesem friedlichen Nest erholen«, war im Untertitel zu lesen. Dann lächelte der Mann einigen jungen hübschen Frauen zu, die vor einem Freudenhaus standen.

»Mein Gott, was bin ich dieses vorhersehbare Schmierentheater leid«, seufzte Daniel. »Ein verlogenes verdammtes Schmierentheater.«

»Wir können ja ausmachen, wenn du möchtest. Mir ist das egal.«

»Ja, mach aus!«

Ich legte eine Schallplatte auf, lehnte mich auf dem Sofa zurück und sah Daniel an. Er sah sich im Wohnzimmer um; die Bilder, die Möbel, die hässliche Bodenvase, den wir einfach nicht wegwerfen konnten. Dann spürte er meinen Blick und wandte sich zu mir.

»Worüber denkst du gerade nach?«, fragte er.

»Über dich«, antwortete ich gedankenlos.

Er lachte. »Über mich? Was meinst du damit?«

Ich bereute meine Antwort schon. Es waren ja nur Gedanken. Nichts, was ich wusste oder wissen musste.

»Worüber hast du nachgedacht?«, wiederholte er.

»Ach, nichts. Über irgendwas Blödes.«

»Irgendetwas Blödes? Über mich?« Er grinste etwas verunsichert. »Das musst du mir jetzt aber wirklich erklären, Jonas.«

Ich zögerte eine Weile, bevor ich es wagte, meine Frage zu formulieren. »Daniel«, fing ich an, »warst du ... warst du in Paul verliebt?«

Ich hatte wohl erwartet, dass er zusammenzucken würde; ich hatte zumindest eine klare Reaktion erwartet. Aber sie blieb aus. Daniel wandte sein Gesicht von mir ab, langsam, ganz langsam. Er heftete seinen Blick auf das Miró-Bild über dem Fernsehtisch.

»Verliebt«, wiederholte er leise. »Ja, vielleicht.«

Ich wartete gespannt.

»Ja«, fuhr er nach einer Ewigkeit fort. »Ich war vielleicht in deinen Bruder verliebt. Obwohl ich mir nicht sicher bin, ob es sich dabei wirklich um ... um Verliebtsein handelte. Ich meine, vielleicht ... vielleicht war ich auch einfach nur einsam. Und dann bildet man sich schnell irgendetwas ein. Und Paul ...«

Er stand auf und richtete seinen Blick auf mich.

»Hat dir irgendjemand etwas gesagt? Über mich, meine ich?«

Ich schüttelte den Kopf.

»Dann hast du es nur ... vermutet, oder?«

»Irgendwie so ähnlich«, murmelte ich.

Er steckte sich eine Zigarette an. Und ich erhob mich, um die Balkontür zu öffnen, warf einen kurzen Blick auf das Bild von Paul, als ich am Fernseher vorbeiging, um zu sehen, ob er traurig oder glücklich war.

»Er besuchte mich ziemlich häufig. Ich mochte es, ihn zu sehen, mit ihm zu reden. Ich mochte es, ihn zu *sehen*. Vielleicht hatte ich auch … Nun, ich habe keine allzu großen Erfahrungen mit der körperlichen Liebe. Die wird doch sehr überschätzt. Fast wie ein großer Werbetrick.«

»Wusste Paul davon?«, fragte ich. »Dass du …«

»Ich weiß es nicht. Aber ich nehme an, schon. So was merkt man eigentlich.«

»Du darfst nicht glauben, dass ich mich für jeden Jungen oder Mann, dem ich begegnete, interessierte«, fuhr er fort. »Im Gegenteil. Es gab nicht viele, zu denen ich mich hingezogen fühlte. Mein Verlangen war mehr … Wie soll ich sagen? Ich sehnte mich nach jemandem. Nicht nach irgendjemandem. Und Paul … ja, er war ja irgendwie sowohl Kind als auch Erwachsener. Sowohl Junge als auch Mann. Er verwirrte mich. Ich hatte ihn ja seit seiner Geburt gekannt. Aber erst, als er in den Stimmbruch kam, begann ich zu fühlen, dass … Er malte ja gern. Das weißt du. Und er fotografierte auch gern. Er hatte überhaupt ein gutes Gefühl für Bilder, eine Fähigkeit, Bilder zu schaffen. Er hatte immer gute Noten in Zeichnen. Und dann, als ich eine Kamera kaufte … das war irgendwann Ende '68, glaube ich, wollte Paul, dass wir anfangen sollten, ›richtig‹ zu fotografieren. Er wollte andere Bilder machen als immer nur von Geburtstagfeiern und schönen Aussichten, sagte er. Er wollte künstlerisch fotografieren.

Einmal kam er zu mir nach Hause im Januar des Jahres, in dem er gestorben ist. Ich glaube, es war ein Sonntag. Wir wollten Porträts machen. Ich hatte einige Laken als Hintergrund aufgespannt. Und einige Fotolampen von einem Nachbarn ausgeliehen.

Paul pfiff, als er kam. Ich hörte ihn bereits die Treppe heraufkommen. Er war aufgedreht und glücklich und wollte gleich loslegen. Allerdings erzählte er zunächst, was für Bilder er machen wollte.«

»Was für Bilder wollte er denn machen?«, fragte ich.

»Er wollte einige Porträts von mir machen. Er wollte, dass ich mir das Hemd auszöge. Er sagte, Kleider würden nur stören. Und dann fingen wir an zu fotografieren. Er machte jede Menge Bilder von mir; auf einem Teil davon konnte man deutlich sehen, dass ich es war. Aber auf den anderen sah man nur Teile eines Körpers; einen Hals, eine Schulter. Manchmal war es nur eine Linie, eine Form.

Später wirkte er zufrieden. Er hatte alle Bilder gemacht, die er wollte. ›Jetzt bist du dran, Daniel‹, sagte er. Und er zog sich den Pullover aus. Er hatte einen sehr schönen Körper. Ich kann ihn vor mir sehen, alle Konturen. Alle weichen Linien.

Ich begann, ihn zu fotografieren. Aber ich fühlte mich wie ein Verräter, als ich ihn durch den Sucher sah. Es war, als würde ich ihn ausnutzen. Auch wenn es seine Idee war. Aber er wusste ja nicht, was ich fühlte. Ich hatte jedenfalls nichts gesagt. Und ich war völlig verwirrt wegen dieses halbnackten Jungen vor mir. Ich fotografierte sein Gesicht, seine Brust, seine Schulter. Ich machte dieselbe Art von Bildern, wie er es von mir gemacht hatte. Nicht dass ich irgendwelche Vorstellungen von künstlerischem Schaffen hatte. Nein, ich wollte nur seinen Körper sehen.

Und dann … und dann sagte Paul plötzlich, dass er sich ganz ausziehen könnte, dass ich Nacktbilder von ihm machen könnte, wenn ich wollte.«

Daniel verstummte, und ich wollte ihn nicht stören.

»Ich sollte das vielleicht nicht erzählen«, fuhr er nach einer Weile fort. »Aber es scheint, dass ich schon zu viel gesagt habe. Es spielt jetzt auch keine Rolle mehr, was ich erzähle. Ich kann nur Folgendes sagen: Ich weiß nicht, ob ich tatsächlich in Paul verliebt war. Aber ich habe ihn *geliebt*. Wenn ich an die Zeit zurückdenke, bin ich meistens verwirrt. Ich erinnere mich nicht daran, was ich wirklich gefühlt habe. Ich erinnere mich daran, was ich wollte. Aber ich habe deinen Bruder wirklich geliebt. Das tat ich. Und ich schäme mich nicht zuzugeben, dass ich mich zu ihm hingezogen fühlte; zu seinem Körper, meine ich, aber nicht nur zu dem. Sein ganzes Wesen zog mich an. Er hatte irgendetwas Sinnliches; schwer, fast betäubend. Und es war fast zu viel für mich, als er sagte, ich könnte Nacktbilder von ihm machen. Er war ja trotz allem noch ein Junge. Ein Kind. Auch wenn dieses Kind mir mehr bedeutete, als irgendein Erwachsener es jemals getan hatte. Er saß mit nacktem Oberkörper auf dem Boden. Mit seinen dunklen, schönen Augen. Und sagte, ich könnte Nacktfotos von ihm machen. Wenn ich wollte.

Ich murmelte irgendetwas Diffuses als Antwort. Und Paul sagte, er würde gern Nacktbilder von *mir* machen.« Daniel schüttelte den Kopf. »Da konnte ich es nicht mehr aushalten. Ich ging und ›versteckte mich‹ im Badezimmer. Ich musste für eine Weile weg von ihm. Ich ... ich hatte Angst, dass er sehen könnte, dass ich... dass ich erregt war. Wer weiß, was dann passiert wäre?«

»Er ... er hätte vielleicht gar nichts dagegen gehabt«, sagte ich.

Daniel brummte leise. »Vielleicht nicht. Aber ich hatte viel zu große Angst, dass es unsere Freundschaft zerstören könnte. Er war doch noch ein Junge. Stell dir vor ... stell dir vor, wir hätten miteinander ... wenn ich ihn vergrault hätte ... Nein, ich wagte nicht, unsere Freundschaft aufs Spiel zu setzen.«

»Was hast du denn gemacht?«

»Ich blieb eine Weile im Badezimmer. Dann ging ich zu ihm rein. Er hatte sich ganz ausgezogen. Er saß – nackt – auf meinem Sofa und wartete auf mich. Er lächelte. Hielt ein Glas Saft in der Hand. Und irgendwie wirkte *gerade das* wie eine weitere Bestätigung, dass er tatsächlich noch ein Kind war. ›Wie willst du, dass ich sitzen soll?‹, fragte er mich. Und ich stammelte irgendetwas. Ich erinnere mich nicht, was. Und Paul stellte sich vor die aufgespannten Laken. Ich selbst versteckte mich hinter der Kamera. Sah auf seinen Körper durch den Sucher. Und ich wollte ihn so gern berühren ...«

Er sah zur geöffneten Balkontür hinaus. Die Schallplatte war zu Ende, und ich konnte das Ticken der Küchenuhr hören.

»Hast du irgendein Bild gemacht?«, fragte ich schließlich.

»Ja, das habe ich. Allerdings nur ein einziges.«

»Hast du es noch?«

Er nickte.

»Darf ich es sehen?«

»Natürlich. Sicher. Du kannst es dir ansehen, wenn du zu mir kommst.«

»Warum hast du nur ein Bild gemacht?«

Ein Laut kam über seine Lippen. Ich konnte nicht ausmachen, ob es ein Lachen oder ein Schniefen war.

»Das Telefon klingelte«, sagte Daniel.

Ich lächelte.

»Ja, im Nachhinein wirkt es ziemlich komisch. Damals fühlte ich mich allerdings erleichtert. Irgendjemand rief an und wollte mit mir ins Kino gehen.« Daniel lächelte. »Und dank dieses Telefongesprächs gab es keine weiteren Nacktbilder. Paul lachte und begann sich anzuziehen. Er sagte, wir könnten ja an einem anderen Tag weitermachen. Allerdings wusste ich, dass daraus nie etwas werden würde. Ich würde es ganz einfach nicht wagen.«

Einige Minuten lang sagte keiner von uns etwas. Dann unterbrach ich die Stille.

»Wusstest du, dass Paul Tagebuch geschrieben hat?«

»Natürlich.«

»Hast du eine Ahnung, wo diese Tagebücher jetzt sind?«

Daniel lachte und strich mir über die Wange.

»Nein, Sherlock. Ich habe nicht den blassesten Schimmer einer Ahnung. Ich dachte, *du* seiest derjenige, der für die Problemlösungen und das Finden von Anhaltspunkten in dieser Geschichte zuständig sei.«

Beim Abschied in der Diele sagte Daniel: »Ich habe vielleicht ein zu großes Geheimnis daraus gemacht. Ich meine, im Allgemeinen.« Er wandte sich mir zu. »Du bist ein feiner Kerl. Ich mag es, mit dir zu reden. Mag es, mit dir zusammen zu sein. Es wird immer netter. Du beginnst, erwachsen zu werden.«

»Ich mag dich auch, Daniel«, sagte ich. Und umarmte ihn.

ZEHN

Ich war am Lesen, als meine Eltern von dem Fest zurückkamen.

»Bei Jonas brennt noch Licht«, hörte ich meine Mama flüstern.

»Ich bin noch wach«, rief ich.

Ich hörte, wie sie ihre Mäntel aufhängten. Und Papas Schritte, als er hastig ins Badezimmer lief. Dann stand Mama in meiner Zimmertür.

»Hallo, Liebling. Bist du schon lange alleine?« Sie setzte sich zu mir ans Bett.

»Nein. Daniel ist vor etwa einer halben Stunde gegangen.«

»Was habt ihr gemacht?«

»Geredet.«

Die Toilettenspülung ging, und Mama erhob sich.

Papa kam herein und setzte sich auf die Bettkante.

»Habt ihr euch amüsiert?«, fragte ich.

»Na ja«, antwortete er. »Es war ganz nett. Und du? Habt ihr den Film angesehen?«

»Nein.«

»Warum nicht?«

»Er war langweilig. Irgendwie vorhersehbar.«

Er sah mich an, er wirkte betrübt. »Ich hatte ihn als ganz nett in Erinnerung. Ich habe ihn gesehen, als ich klein war. In der Matineevorstellung.« Er machte eine kurze Pause. »Was habt ihr stattdessen gemacht?«

»Musik gehört. Geredet.«

»Worüber?«

»Alles Mögliche«, log ich. »Ein bisschen dies, ein bisschen das. Nichts Besonderes.«

Papa war wirklich betrübt. Ich änderte meine Sitzstellung. Und als ich mich umdrehte, berührte meine Hand zufällig seinen Arm. Ganz natürlich.

Zuerst erstarrte er. Dann legte er seine linke Hand auf meine und streichelte sie sanft.

»Fühlst du dich gesund?«, wollte er wissen.

»So einigermaßen.«

Er wandte seinen Blick ab und bemerkte die Spielzeugautos.

»Soso, du hast deine Autos wieder hervorgeholt.«

Er griff nach dem blauen Austin. »Diesen hier habe ich dir gekauft, als du drei wurdest. Unten im Spielzeugladen am Hafen. Ich bin während der Mittagspause dort gewesen und habe ihn gekauft.«

»Warum hast du gerade den gewählt?«

»Magst du ihn nicht?«, fragte er erstaunt.

Ich lachte. »Doch, es war mein schönstes Auto. Ich mochte es wirklich.«

»Ja, ich auch«, sagte Papa. »Deshalb habe ich es gekauft. Es war das schönste Auto, das sie hatten.«

»Übrigens«, fuhr er fort, »erinnerst du dich, wie du es versteckt hast, und wir es nicht finden konnten? Du warst tagelang untröstlich. Erinnerst du dich?«

»Nein, aber Mama hat es erzählt.«

»Und dann haben wir es hinter der Sockelleiste von einem der Kleiderschränke in der Diele gefunden«, erzählte er weiter. »Du weißt doch, hinter einer der Verblendungen, die sich immer gelöst hatte, wenn man mit dem Staubsauger oder so dagegen kam. Erinnerst du dich nicht?«

Ich erstarrte. »Nein, ich erinnere mich nicht. Was für Verblendungen?«

»Die ganz unten«, erklärte Papa. »Vor dem eigentlichen Sockel. Die lösten sich von Anfang an. Bis ich sie festgeschraubt habe. Du erinnerst dich nicht mehr? Die Verblendung muss sich an jenem Tag auch gelöst haben. Vielleicht hast du sie auch abgemacht. Wie auch immer, du hast den offenen Sockel immer als Garage für deine Autos benutzt. Und Mama oder ich haben wohl die Verblendung wieder aufgesetzt, ohne nachzusehen, ob da vielleicht noch Autos drin waren. Deswegen haben wir den Austin auch erst nach einer Woche gefunden.«

Ich konnte nicht einschlafen. Ich war viel zu aufgeregt. Neben mir – auf meinem Nachttischchen – stand der blaue Austin. Ich hatte den Eindruck, er schimmerte. Wie ein magischer Gegenstand. Und die blaue Lackierung, die ich eigentlich nie gemocht hatte, wirkte plötzlich schön.

Ich sah in Richtung meiner Kleiderschränke, senkte den Blick, bis er auf den weißen Sockelverblendungen ruhen blieb. Mein Bruder ist auch in dieser Wohnung aufgewachsen, in diesem Zimmer. Er hatte auch mit Autos in der Diele gespielt. Und vielleicht hatte auch er die Sockel der Dielenschränke als Garage für seine Autos benutzt, für den dunkelroten Pferdetransporter.

Ich stand auf und schlich mich in die Diele. Aus dem Schlafzimmer von Mama und Papa konnte ich Schnaufen und schwaches Schnarchen hören. Ich setzte mich auf den Boden und betrachtete die weißen Sockelleisten. Aber ich konnte keinerlei Schrauben sehen.

Vorsichtig tastete ich die Verblendungen ab. Sie schienen fest zu sitzen. Ich traute mich nicht, ein Werkzeug zu benutzen; dann würden meine Eltern mit Sicherheit aufwachen.

Ich kroch wieder in mein Bett.

Ich wachte am nächsten Tag spät auf. Papa war zu einem Bogenschützenwettbewerb gefahren. Mama würde den ganzen Tag zu Hause sein. Und ich wollte allein sein, wenn ich die Sockelleisten öffnete.

Am Nachmittag fragte sie mich, was mit mir los sei.

»Du wirkst so rastlos«, sagte sie. »Ist irgendwas Besonderes?«

»Nein«, log ich. »Es ist nichts.«

Sie sah mich forschend an.

»Du bist vielleicht noch nicht richtig gesund.«

»Ich brauche bloß etwas frische Luft. Ich glaube, ich gehe ein bisschen nach draußen.«

Daniel lächelte, als er mir die Tür öffnete.

»Soso, du bist heute bei der Feldarbeit. Komm rein!«

»Ich wollte das Foto sehen«, bat ich ihn und setzte mich aufs Sofa.

Daniel räumte einige große Kunstbände im Regal zur Seite und holte ein altes schwarz bemaltes Holzkästchen hervor. Daniels Schatzkiste, dachte ich bei mir.

Er nahm das Kästchen mit und setzte sich neben mich. Er drehte das Kästchen so, dass ich nicht sehen konnte, was drin war, als er es öffnete. Einen Moment suchte er, dann nahm er das Bild heraus und gab es mir rüber.

»Hier ist es«, flüsterte er.

Es war wie bei einer Zeremonie.

Du warst es, Paul.

Du stehst vor einem aufgespannten Laken, weiche Schatten und Lichtstreifen spielen auf dem Tuch hinter deinem Körper. Du streckst dich, als wärst du gerade aufgewacht. Du hebst deine Arme und hältst die Hände hinter deinem Nacken verschränkt, die Ellenbogen schießen an den Seiten deines Kopfes nach oben. Wenn ich die Augen zusammenkneife, sieht es aus, als hättest du Flügel.

Du streckst dich, dein Brustkorb und dein Unterleib schieben sich ein wenig nach vorn. Dein rechtes Bein steht fest auf dem Boden, während du das linke hebst; lediglich die Zehen berühren den Boden. Du streckst dich, und in der Bewegung dreht sich dein Körper etwas. Deine Augen sind fast geschlossen. Deine Lippen lächeln.

»Hast du das Bild arrangiert?«, fragte ich Daniel.

»Nein. Niemand hat es arrangiert. Ich stand nur da und betrachtete ihn. Und Paul streckte sich. Und ich drückte auf den Auslöser. Klick! Das war alles.«

»Es ist wunderschön«, sagte ich.

»Er war ein wunderschöner Junge«, sagte Daniel.

»Hast du noch mehr Abzüge hiervon?«

»Ich glaube schon. Warum? Willst du es haben?«

»Gerne.«

»Sicher. Du kannst es haben. Aber zeige es nicht unbedingt …«

»Nein. Ich werde es niemandem zeigen.«

Daniel beugte sich vor, er betrachtete das Foto. »Kannst du nachvollziehen, dass er mich verwirrte? Kannst du verstehen, dass ich nicht wusste, was ich machen sollte? Dass ich mich nicht traute, ihm noch näherzukommen?«

»Ja«, antwortete ich leise. »Das kann ich gut verstehen.«

»Schau dir an, wie schön er ist. Er … du wirst ihm immer ähnlicher.«

Ich spürte, dass ich ihn verletzte, als ich antwortete.

»Ich finde nicht, dass wir uns ähnlich sehen. Möglicherweise auf den ersten Blick. Das ist alles. Allerdings glaube ich, dass alle, die ihm begegnet sind, die ihn gekannt haben, ihre Erinnerungen an Paul mit meinem Gesicht, meinem Körper und meinen Bewegungen und Gesten in Verbindung bringen. Und deswegen meinen, wir seien uns so ähnlich.«

»Ich meine nicht, dass du genau wie er aussiehst«, antwortete

Daniel. »Du hast dein eigenes Aussehen, deine eigene Art und Weise. Und du unterscheidest dich in Vielem von Paul. Trotzdem … Du hast ja auch nur einige Momentaufnahmen von ihm gesehen. Da ist es für dich vielleicht schwieriger, die Ähnlichkeiten zu entdecken. Du hast ihn ja nie gesehen, wie er sich bewegte, seine Gestik. Du hast ja niemals seine Stimme gehört.«

»Das weiß ich doch«, sagte ich. »Aber ich habe sehr viel über ihn nachgedacht. Und ich habe sehr viel über ihn gehört. Und in meinen Träumen habe ich ihn sich bewegen sehen. Allerdings habe ich nie seine Stimme gehört. Ich habe mich schon oft darüber gewundert. Paul redet in meinen Träumen nie mit mir. Es ist mehr so, dass ich *fühle*, was er zu mir sagt. Ungefähr wie Telepathie. Aber du hast ihn doch sprechen gehört. Du hast doch seine Stimme gehört. Wie klang sie eigentlich. Wie klang seine Stimme?«

»Wie deine«, antwortete Daniel.

»Ich habe auch ein paar Bilder, die ich dir zeigen will« sagte ich.

»Ach ja? Was für Bilder?«

Zuerst gab ich ihm die beiden Bilder von dem anderen Jungen.

»Wer ist das?«

»Ich glaube, das ist dieser andere Junge. Der aus der Tschechoslowakei. Der irgendwas mit M hieß.«

Daniel brummte irgendeine Antwort.

»Ich bin mir fast sicher, dass er das ist«, fuhr ich fort. »Schau! Auf der Rückseite. Ich glaube, das ist Tschechisch.«

»*Mému malému Princi*«, las Daniel. »Ja, hört sich so an.«

«Erkennst du ihn wieder?«

Er schüttelte den Kopf. »Nein, ich glaube nicht. Sicher, es ist ein altes Bild, aber ich kann mich nicht erinnern, wie er mal ausgesehen hat.«

Dann gab ich ihm das Bild von Paul vor dem Schreibtisch.

Daniel lächelte. »Ihn erkenne ich mit Sicherheit. Allerdings habe ich dieses Bild noch nie gesehen. Wo hast du es gefunden?«

»Auf dem Dachboden.«

»Soso.«

»Ist das das Tagebuch, das er in der Hand hält?«

Daniel hielt das Foto näher an sein Gesicht.

»Na, ich weiß nicht. Ich kann mich nicht erinnern, wie sein Tagebuch ausgesehen hat. Im Übrigen muss er wohl mehrere gehabt haben.«

Zuletzt gab ich ihm das Bild von Paul auf dem Weg aus dem Badezimmer.

»Er sieht fast aus wie ein kleiner Junge«, sagte Daniel und lächelte. »Wenn nicht …«

»Ich weiß.«

»Aber wo ist das aufgenommen worden? Das ist doch nicht bei euch zu Hause.«

»Nein. Ich nehme an, das ist bei dem anderen Jungen zu Hause. Zu Hause bei M. Ich glaube, er hat das Bild aufgenommen.«

Als ich nach Hause kam, blickte Mama von ihrem Buch auf und stellte fest: »Du warst lange weg.«

»Ja, ich habe auf dem Rückweg bei Daniel vorbeigeschaut.«

Sie sah mich an und runzelte die Stirn.

»Komm, lass mich mal fühlen«, sagte sie. »Ich finde, du siehst immer noch ein wenig blass aus.«

Sie legte ihre Hand auf meine Stirn. »Ja, Jonas, du bist immer noch ein bisschen heiß«, murmelte sie. »Ich glaube, das Beste ist, du legst dich hin. Du siehst nicht gesund aus. Es war sicherlich keine so gute Idee, so lange rauszugehen. Es ist wohl besser, dass du morgen zu Hause bleibst, statt in die Schule zu gehen. Meinst du nicht auch?«

»Sicher«, antwortete ich. »Das ist wohl besser.«

Ich glaube, ich lächelte noch immer, als ich einschlief.

ELF

Die Haustür fiel ins Schloss. Mama war gegangen.

Ich setzte mich auf den Boden vor die Kleiderschränke. Eine ganze Weile saß ich nur da und betrachtete die weiß lackierten Sockelleisten. Noch wagte ich es nicht, sie zu berühren. Was, wenn ich falsch lag?

Der linke Kleiderschrank stand in der Ecke zum Dielengang. Das machte es schwer, die Verblendung des Sockels zu greifen. Ich griff um den rechten Sockel. Er saß fest, bewegte sich nicht im Geringsten. Ich klopfte darauf. Ja, der musste genauso hohl sein wie die Sockel in der Diele, dachte ich bei mir.

Ich beugte mich vor und besah mir die Kurzseite des Sockels; da war ein ziemlich schmaler Spalt zwischen der Verblendung und dem eigentlichen Sockel. Ich holte ein Messer.

Vorsichtig schob ich die Messerspitze in den Spalt. Einen Millimeter, zwei, drei. Dann schlug ich vorsichtig mit der Hand auf den Griff. Die Verblendung bewegte sich einige Millimeter.

Ich presste mehr als die Hälfte des Messers in den geweiteten Spalt und zog es einige Male vor und zurück. Dann schlug ich ein weiteres Mal mit der Hand drauf. Plötzlich fiel die Verblendung des Sockels ab und lag vor meinen Knien.

Mein Herz blieb stehen.

Die Hand zitterte, als ich das Messer weglegte. Ich beugte mich runter und sah unter den geöffneten Sockel. Staub, Staub und noch mal Staub. Einige Silberfischchen schwirrten herum, um dem

Tageslicht zu entkommen, das ich eingelassen hatte. Und hinter dem Staub und den Silberfischchen stand ein Karton.

Ich schrie auf.

Dann zog ich den Karton hervor.

Jemand hatte ihn flacher gemacht, indem er oben ein paar Zentimeter weggeschnitten hatte; er passte genau unter den Sockel. Halbe Buchstaben einer Firmenmarke bedeckten die Seiten des Kartons, aber ich konnte die Buchstabenreste nicht deuten. Der Deckel hatte keine Firmenmarke. Aber jemand hatte einen Schädel und zwei gekreuzte Knochen auf die graubraune Oberfläche gezeichnet.

Ich hatte Pauls Schatzkiste gefunden.

Ich lächelte den Karton an, als wäre er ein lebendiges Wesen. Ein geliebtes Wesen. Dann fegte ich den Staub weg und setzte die Verblendung provisorisch wieder auf.

Ich schauderte, als ich das Gewicht des Kartons bemerkte.

Ich hob den Deckel. Dort lag es. Zusammen mit einigen Briefen, Fotos und anderen Papieren. Fast achtzehn Jahre hatte der Karton dort gestanden und auf mich gewartet. Staub und Schmutz von achtzehn Jahren hatten den Eingang zu Pauls Versteck zuwachsen lassen. Aber ich hatte es doch gefunden.

Vorsichtig nahm ich das Tagebuch hoch. Es war dasselbe Notizbuch, das Paul auf dem Foto vom Dachboden in der Hand hielt. Oder zumindest ein ähnliches. Ein beschriftetes Etikett prangte auf dem Umschlag, aber diesmal war es nicht Mamas Handschrift. Es muss deine Handschrift gewesen sein, Paul, dachte ich. Und las:

Paul Lundberg. Tagebuch Nr. 4, 24. Dezember 1968.

»Das hier muss dein letztes Tagebuch gewesen sein«, flüsterte ich.

Ich legte das Tagebuch zur Seite und nahm den Rest des Inhalts heraus. Unter anderem waren da noch zwei weitere Fotos von dem anderen Jungen. Das erste sah aus wie ein Klassenfoto. Er sah direkt in die Kamera, den Kopf ein bisschen geneigt und mit einem Lächeln auf den Lippen. Das andere Bild – ein Ganzkörperfoto in Farbe – zeigte ihn an einem Strand. Er steht in der Brandung, trägt einen gelben Bademantel. Er lacht dem Fotografen zu und streckt seine Arme aus. Wie ein Kreuz, dachte ich bei mir. Der Bademantel hat sich gelöst und offenbart – zumindest teilweise – den nackten Oberkörper des Jungen.

Ich drehte das Foto um. Und jetzt war es dieselbe Handschrift wie in dem Brief, den ich auf dem Dachboden gefunden hatte. *Mému malému Princi. Tvůj Milenec.*

»Milenec!«, flüsterte ich. »Das war also dein Name.«

Ich betrachtete den lachenden Milenec.

»Wo bist du hingegangen, nachdem Paul … nachdem *Princi* gestorben ist?«

Ich nahm die drei Briefumschläge, sie waren an Paul adressiert. Es war Milenecs Handschrift.

Ich lehnte mich in meinem Bett zurück. Das Zimmer schien sich um mich zu drehen. Ich war völlig außer mir. Und verwirrt.

Zum ersten Mal zweifelte ich an meinen Nachforschungen. Hatte ich wirklich das Recht, in den verborgenen Dingen meines Bruders herumzuschnüffeln? Hatte ich das Recht, nach dem Geheimnis meines Bruders zu suchen? Und wer – oder was – gab mir in diesem Fall das Recht dazu?

Ich schloss die Augen, flüsterte deinen Namen und hoffte, dass du dich mir auf irgendeine Weise mitteilen würdest, dass du mir auf irgendeine Weise deine Zustimmung geben würdest.

Aber ich hörte nichts.

Ich stand hastig auf und ging in die Küche. Die Reste meines Frühstücks standen noch auf dem Küchentisch. Ich stellte das Radio an und räumte ab. Dann ließ ich Wasser in die Spüle und wusch ab.

Eine halbe Stunde später ging ich zurück in mein Zimmer. Ich blieb in der Tür stehen und betrachtete den Karton und seinen Inhalt.

Einer der Briefumschläge war vom Bett gefallen, als ich aufgestanden war.

Ich ging ins Zimmer und hob ihn auf. Eine Ecke des Briefes schaute aus dem Umschlag. Mein Blick fing ein paar Wörter auf: »*… bedeutet Bruder …*«

Mein Herz überschlug sich.

Ich nahm den Brief heraus.

Ahoi můj Bratře!

Ich träume jeden Tag von Dir. Von den Nächten nicht zu sprechen. Deshalb musste ich Dir einfach schreiben, Princi.

›Bratr‹ bedeutet Bruder auf Tschechisch. Mama hat erzählt, dass einige Jungs, die sie in Prag kennengelernt hatte (also, die zusammen waren), einander ›bratr‹ genannt hätten. Deshalb könnte man ja sagen, dass du und ich, geschwisterlos wie wir nun mal sind, jetzt jeder seinen Bruder bekommen hat. Ahoi můj bratře! (Hallo, mein Bruder!) Und vergiss nicht, Deine Eltern zu fragen, ob Du zur Walpurgisnacht bei mir übernachten darfst.

Wir sehen uns am Freitag. Kuss & Umarmung!

P.S.

Ich lachte. Das war das Zeichen, auf das ich gewartet hatte. Paul hatte einen Bruder bekommen. Und seinem Bruder kann man erzählen, was man will.

Ich drehte den Brief um. Die Rückseite war leer.

»Warum schreibst du P.S., wenn du kein Postskriptum schreibst, Milenec?«

Ich legte mich mit den beiden anderen Briefen ins Bett.

Ahoi Paul!

Heute habe ich meiner Mama von Dir erzählt. Sie wirkte zuerst traurig, aber als ich ihr mehr von Dir erzählte und was ich für dich empfinde, wurde sie etwas fröhlicher. Aber sie meint, ich sollte das nicht Papa erzählen. Wenigstens noch nicht. Sie sagte, sie würde mir später dabei helfen, ihm das zu erzählen. Und dann hat sie gefragt, wie sehr ich dich mag. ›Stává se smrtelně důležitým‹, habe ich geantwortet. Da hat sie gelacht. (Das bedeutet, dass ich nicht ohne Dich leben kann, Princi.) Und dann hat sie von diesen Jungs erzählt, die sie in Prag kennengelernt hatte. Aber es sei schwierig, in der Tschechoslowakei ein ›bratr‹ zu sein. Es gibt so viele Vorurteile. Und heute mit der neuen Sowjetregierung ist es auch nicht gerade leichter.

Früher fühlte ich mich etwas unwohl, ein ›bratr‹ zu sein. Manchmal war ich sogar niedergeschlagen. Aber jetzt, seit ich Dir begegnet bin, habe ich nichts mehr dagegen.

So, das reicht jetzt. Wir sehen uns bald, můj bratr!

Milenec

Ich faltete den Brief zusammen und legte ihn zurück. Dann nahm ich den dritten und letzten Brief. Nach einer Weile begriff ich, dass dieser Brief der erste gewesen sein muss, den Milenec an meinen Bruder geschrieben hatte.

Hallo Paul!

Wie glücklich ich darüber bin, dass Magister Håkanson mich überredet hat, in Deiner Klasse Modell zu sitzen. Sonst wären wir uns nie begegnet. Und ich habe gespürt, dass du etwas Besonderes warst, als du in den Klassenraum kamst. Und ich habe bemerkt, dass du mich angesehen hast. Obwohl ich mich kaum traute, Deinen Blick zu erwidern. Es reichte schon völlig, dass ich komplett nackt vor Deiner Klasse saß. Ich hätte nicht gedacht, dass ich so nervös wäre, wie ich es gewesen bin. In meiner Familie hatten wir nie ein Problem damit, uns einander nackt zu zeigen. Aber es war etwas ganz anderes, allein nackt da oben zu sitzen auf dem Pult vor einer ganzen Klasse. Besonders, nachdem ich dich in den Klassenraum habe kommen sehen. Irgendwie habe ich gespürt, dass du so warst wie ich. Hast du das auch gespürt?

Und ich war so froh, dich danach auch außerhalb der Schule zu sehen. Ich habe sowohl in dieser Nacht als auch in der Nacht darauf von Dir geträumt. Mama und Papa sagten, ich würde so glücklich wirken. Allerdings traute ich mich nicht, ihnen zu erzählen, warum ich glücklich bin. Sie wissen nichts. Aber eines Tages werde ich es ihnen erzählen.

Das Bild, das ich mitschicke, ist im vergangenen Jahr in der Schule gemacht worden. Ich dachte, dass Du es vielleicht haben möchtest. Ich wäre superglücklich, wenn ich ein Foto von Dir haben könnte.

Ich möchte Dich wiedersehen, Paul. Bald, meine ich. Wir könnten uns am Samstag in der Innenstadt treffen. Dann könnten wir spazieren gehen oder so. Wir könnten uns doch gegen elf Uhr vor Epa in der Fußgängerzone treffen. Wenn Du nicht kannst, ruf mich doch an. Aber ich hoffe doch, dass Du kannst. Und dass du möchtest. Ich liebe Dich, Paul.

Umarmung von Petr!

»Petr?«

Zuerst war ich verdutzt.

»Petr? Aber du heißt doch Milenec!«

Und dann erinnerte ich mich.

Ich holte meine Schatzkiste hervor und suchte nach den Fotos von Milenec.

»Mist! Die hat sich doch Daniel ausgeliehen.«

Aber plötzlich ergab es ein Bild.

Ich blätterte zu der Seite vor, auf der das Foto gewesen war. »Genau!«

Es war der Text auf dem Bild, wo ich den Namen schon mal gesehen hatte.

Kammarviken, März 1969. Petr je tady.

Ich lächelte und fühlte mich glücklich. So musstest du dich gefühlt haben, als du die drei kleinen Füchslein gesehen hast.

Ich sah auf meinen Wecker. Zwanzig vor zwei.

Gut. Dann macht die Bücherei bald auf.

»Haben Sie ein Tschechisch-Schwedisches Wörterbuch?«, fragte ich die Frau am Tresen.

Sie nahm ihre Brille ab und sah mich an. »Nein. Ich glaube nicht, dass wir so etwas haben. Warte eben, dann werde ich nachsehen.«

Sie blätterte in der Kartei.

»Nein, ein Tschechisch-Schwedisches Wörterbuch haben wir nicht. Aber es müsste ein Tschechisch-Englisches Wörterbuch in der Präsenzbibliothek geben. Kannst du vielleicht damit etwas anfangen?«

»Ja, das geht schon«, sagte ich und lächelte.

»Aber du kannst es nicht ausleihen«, erklärte sie. »Präsenzbücher verleihen wir nicht.«

»Das macht nichts. Ich möchte nur ein paar Wörter nachschlagen.«

Ich fing an zu blättern.

Látka, lhář, lump, matematika, mimořadný …

»Hier muss es sein.«

Ich durchforstete die Reihen mit Worten. Und dort – mitten auf der Seite – entdeckte ich es.

milenec / mi-le-nets/ m. lover

»Lover!« Ich lachte. Milenec war gar kein Name. Milenec war das Wort, das mein Bruder für seinen Freund benutzte.

»Geliebter«, flüsterte ich unhörbar. »Der Prinz und sein Geliebter!«

ZWÖLF

Ich musste mich zwingen, Pauls Tagebuch nicht vor Freitagabend zu öffnen. Mama und Papa wollten sich einen Film im Fernsehen anschauen. Eine Weile saß ich mit ihnen im Wohnzimmer.

»Ich möchte den Film nicht sehen«, sagte ich und stand auf. »Ich leg mich ins Bett und lese noch etwas. Gute Nacht!«

Sie sahen mich verwundert an.

»Es ist doch gerade mal halb zehn!«, sagte Papa.

»Dir geht es doch wohl nicht wieder schlechter?«, fragte Mama.

»Nein, es geht mir gut. Fühle mich nur ein bisschen müde. Gute Nacht!«

Ich stapelte die Kissen gegen die Wand, zog mich aus und kroch unter die Decke, mit deinem Tagebuch in der Hand.

Dienstag, den 24. Dezember 1968

Es ist fast ein Uhr nachts, eigentlich schon Mittwoch. Wir waren heute bei Großmutter und Großvater. Ich schenkte ihnen einen Kerzenleuchter, den ich im Werkunterricht selbst gemacht hatte. Ich bekam einen Pullover von Großmutter und ein Buch von Großvater. Wir haben Kaffee getrunken. Dann fuhren wir nach Hause. Daniel kam am Nachmittag her. Wir aßen zu Abend und Papa wollte zum Kiosk gehen. Obwohl ich ihm sagte, dass ich keinen Weihnachtsmann mehr bräuchte. Schließlich bin ich 15. Mama und Daniel lachten nur. Aber Papa sah etwas betrübt aus. Er durfte zumindest die Weih-

nachtsgeschenke verteilen. Bekam dieses Tagebuch von Papa und eine LP mit dem Musical Hair. *Mama hatte ein Paar Jeans gekauft, aber die muss ich umtauschen. Zu groß. Daniel versucht mich davon zu überzeugen, Jazz zu mögen. Er hat eine LP von Dave Brubeck gekauft. Sie ist sogar ziemlich gut. Kommt mir ein bisschen komisch vor, Weihnachten zu feiern. Es war lustiger, als ich klein war. Jetzt ist es eher anstrengend.*

Freitag, den 27. Dezember 1968

Bin mit Papa am Vormittag in die Stadt gefahren. Ich habe die Jeans umgetauscht gegen ein Paar andere, die viel schicker sind. Dann waren wir zum Kaffee bei Nilssons, bevor wir uns trennten. Habe Elisabeth und Carina auf dem Marktplatz getroffen. Sie wollten, dass ich mit ihnen an Silvester zu einem Fest bei Anders gehe. Aber habe gesagt, ich sei beschäftigt. Ich habe keine Lust, Göran oder Janne zu begegnen – nach dem, was an Lucia passiert ist. Heute Abend war ich kurz bei Daniel. Er zeigte mir seine neue Kamera. Nikon. Wir sprachen darüber, uns bald gegenseitig zu fotografieren. Ich wollte mit ihm darüber reden, es wurde aber nichts draus. Ich glaube, er ist so wie ich. Nicht nur, weil er mit keinem Mädchen zusammen ist. Es ist noch irgendwas anderes. Mehr so ein Gefühl. Und obwohl er doch um einiges älter ist als ich, ist er für mich ein Freund. Wie ein großer Bruder, fast.

Manchmal schrieb Paul über Ereignisse, die ich schon von Mama gehört hatte. Meistens waren es Kleinigkeiten. Ziemlich oft erwähnte er Daniel.

Daniel irrte sich im Wochentag, an dem sie sich gegenseitig fotografierten. Es war Freitag, der 17. Januar 1969. Und Pauls Beschreibung der Ereignisse unterschied sich etwas von Daniels Erzählung.

Dann sagte Daniel, dass er mich schön findet. Dass er meine Augen mag. Ich wusste nicht, was ich sagen sollte. Er sagte, dass er mich gerne fotografieren wollte, aber nicht nur das Gesicht. Ich fragte ihn, was er meinte, und schließlich sagte er, dass er Nacktbilder von mir machen wollte. Zuerst war ich total baff, aber dann dachte ich mir, das wird bestimmt lustig. Allerdings war ich scheißnervös. Zog mich aus, als er auf dem Klo war. Er schien auch nervös. Aber er schaffte es nur, ein Bild zu machen, dann klingelte das Telefon.

Ich las weiter. Und musste lachen, als ich von einem Ereignis von Ende Februar 1969 las. Paul erzählte, dass Papa alle Sockelverblendungen der Kleiderschränke festgeschraubt hatte. Im Tagebuch stand:

Ich sagte ihm, dass ich in meinem Zimmer in Ruhe gelassen werden wollte, dass er das ein anderes Mal machen könnte. Oder ich könnte es vielleicht auch selbst machen. Er wirkte etwas verärgert, aber ließ sich darauf ein. Hoffentlich vergisst er es. Wenn nicht, muss ich wohl ein neues Versteck finden. Oder ich muss mich mit der anderen Stelle abfinden.

Es gab also noch ein anderes Versteck. Ich hatte es schon fast geahnt, weil ich ja nur das vierte Buch gefunden hatte. Die anderen Bücher können ja nicht einfach verschwunden sein. Aber ich war überzeugt, dass sich das andere Versteck nicht in meinem Zimmer befand.

Und dann fand ich den ersten Eintrag über Petr. Oder Milenec.

Donnerstag, den 13. März 1969

Was für ein unglaublicher Tag! In der letzten Schulstunde hatten wir eine Doppelstunde Zeichnen. Håkanson sagte, wir dürften etwas machen, was wir noch nie gemacht haben. Wir würden nach Modell zeichnen. Und ich glaubte, wir sollten uns gegenseitig zeichnen. Aber als wir in den anderen Saal gingen, sah ich einen Jungen, der wartete. Er war so schön, dass ich rot wurde. Ich sah, dass Göran auch rot wurde. Er trug nur einen dicken Morgenrock, und als Håkanson ausgeredet hatte, zog er den Morgenrock aus und setzte sich auf das Pult. Er war völlig nackt. Er wirkte irgendwie anders nackt als die anderen sonst in der Umkleide. Ich bekam einen Ständer. Und war total zittrig, als ich zeichnen sollte. Aber Håkanson war trotzdem zufrieden mit meiner Zeichnung, obwohl er findet, dass ich zu schön male. Ich wurde wieder rot. Manchmal glaube ich, er versteht, was in mir vorging. Und dann, nach der Schule, begegnete ich dem Jungen, der Modell saß. Er kam gerade bei Sjölins raus, als ich reinwollte. Hallo, sagte er und lächelte. Ich nickte nur. Und wurde rot …

Ich glaube, ich habe noch nie einen Text so schnell gelesen. Und niemals ist es spannend gewesen wie jetzt, als ich das Tagebuch des letzten halben Jahres meines Bruders las. Ich konnte einfach nicht aufhören. Papa war bereits eingeschlafen. Ich las weiter. Und als ich das Tagebuch durchgelesen hatte, fühlte ich mich völlig ausgelaugt.

Ich blätterte zurück, las einige Stellen noch einmal. Mein Puls hämmerte gegen die Schläfen, und ich glaube, ich fing an zu weinen.

Ich musste auf die Toilette. Mein Gesicht sah im Spiegel völlig bleich aus. Meine Augen waren rot und geschwollen. Ich besprenkelte das Gesicht mit kaltem Wasser, um wieder zu mir zu kommen.

Die Küchenuhr stand auf halb drei. Draußen begann es bereits hell zu werden.

Ich löschte die Nachttischlampe und rollte mich unter der Bettdecke zusammen, schloss die Augen. Aber ich weiß nicht, ob ich wach lag oder schlief. Ich schloss die Augen, und die ganze

Geschichte spulte sich in meinem Kopf wieder und wieder ab. Die Geschichte von meinem Bruder Princi und seinem Geliebten.

DREIZEHN

»Wohin willst du, Paul?«, rief einer seiner Klassenkameraden.

»Ich möchte rüber zu Sjölins. Dann nehme ich den Bus in die Stadt«, antwortete er. »Ich will noch was einkaufen. Wir sehen uns morgen.«

Er schritt über den Schulhof und ging den Pfad runter zum großen Weg und zum Süßwarenladen.

Gerade, als er den Türgriff berührte, wurde die Tür geöffnet.

»Hallo!«

Paul sah auf. »Hallo!«, sagte er und errötete.

»Ich habe dich gerade im Klassenzimmer gesehen«, sagte der andere Junge. »Wie heißt du?«

»Paul.«

»Ich heiße Petr.«

»Petr?«

Der andere lachte. »Ja, Petr. Allerdings sagen die meisten Peter. Sie finden, dass Petr abgehackt und komisch klingt. Das ist ein tschechischer Name. Oder besser gesagt, die tschechische Form von Peter. Ich komme von dort.«

»Wie lange wohnst du schon hier?«, fragte Paul.

»Neun Jahre.«

Sie schwiegen. Und Paul guckte auf den Boden.

»Wolltest du nicht einkaufen?«

»Wie? Ach so, ja. Warte eben«, sagte Paul und ging in den Laden.

Als er wieder herauskam, fühlte er sich etwas ruhiger. Und Petr stand noch da und wartete auf ihn.

»Gehst du nach Hause?«, fragte er und bot Petr ein Sahnebonbon an.

»Weiß nicht. Ich glaube schon. Was hast du noch vor?«

»Ich wollte in die Stadt fahren. Ich habe nichts Bestimmtes vor. Einfach ein bisschen rumlaufen.«

»Können wir dann gemeinsam gehen?«

»Wir könnten in ein Café unten am Norstrand gehen«, schlug Petr vor, als sie aus dem Bus stiegen. »Hast du Lust?«

»Klar.«

Paul fühlte sich immer noch wirr. Er konnte nicht fassen, dass er hier neben Petr herging. Er versuchte, mit Petr Schritt zu halten. Ab und zu schielte er zu dem anderen hinüber. Was für unglaubliche Augen, dachte er.

Petr spürte seinen Blick und drehte sich zu ihm. Er lächelte.

Sie setzten sich an einen Fenstertisch mit Aussicht über den Hafen. Petr zeigte auf einen der großen Kräne.

»Dort arbeitet mein Papa«, erzählte er. »In dem grünen Kran dort.«

»Bist du schon mal da oben gewesen?«

»Nein, das ist abscheulich hoch. Ich habe mich nicht getraut«, sagte Petr und lachte. »Traust du dich, da hochzuklettern?«

»Ja, ich glaube schon. Das wäre lustig.«

Dann schwiegen sie.

»Wie war deine Zeichnung von mir?«, fragte Petr.

Paul lächelte geniert und schaute aus dem Fenster. »Naja, ich weiß nicht. Aber Magister Håkansson sagte, dass er sie zu schön fände.«

Petr lachte. »Zu schön? Was meinte er damit?«

»Na, er sagte es nicht genau so. Aber ungefähr. Ich weiß nicht genau, was der meinte.«

»Findest *du* denn, dass sie zu schön war?«

Paul zögerte. »Nein, sie sah dir überhaupt nicht ähnlich.«

Petr lachte wieder, und er streckte seine Hand aus. Paul errötete bei der Berührung, er hatte Angst, dass es jemand sehen könnte.

»Wovor hast du Angst?«

Paul zuckte mit den Schultern.

»Es gibt nichts, wovor du Angst haben musst«, fuhr der andere fort. »Das Schlimmste, was passieren könnte, ist, dass die Leute, die nichts mit uns zu tun haben, anfangen, Scheiße zu reden. Aber weil sie nichts mit uns zu tun haben, brauchen wir uns darum nicht zu scheren. Oder?«

Paul schwieg noch immer.

Da beugte sich Petr über den Tisch und flüsterte ihm zu: »Du, ich habe dich sofort bemerkt, als du in den Zeichensaal kamst. Und es war, als ob … als ob wir gleich wären. Als ob wir gleich *sind*. Und ich spürte, dass ich dich kennenlernen wollte. Ich glaube, wir könnten Kumpel werden. Freunde. Verstehst du?«

Paul nickte. Und dachte, dass sein Herzklopfen noch bis zu der Frau an der Kasse im anderen Raum zu hören sein würde.

»Ich wäre gern dein Freund«, fuhr Petr fort. »Willst du das auch?«

»Ja, das will ich auch.«

Sie gingen unten im Hafen umher. Petr erzählte von seinen Eltern; er erzählte, dass die am liebsten in die Tschechoslowakei zurückgehen wollten, aber dass das unmöglich sei – jetzt nach der sowjetischen Invasion.

»Seid ihr aus der Tschechoslowakei geflohen?«

»Nein, wir sind umgezogen. Zuerst nach Deutschland. Dort

bekam Papa Arbeit im Hamburger Hafen. In Hamburg hat er gelernt, einen Kran zu führen. Aber ein Jahr später sind wir hierher gezogen. Wir wollten ursprünglich nur ein Jahr bleiben, aber es wurden mehr. Und im letzten Herbst marschierte die Sowjetunion in die Tschechoslowakei ein, nun müssen wir bleiben.«

»Warum könnt ihr nicht zurück?«

»Wir könnten natürlich, wenn wir wollten. Aber dort ist zu viel im Argen. Man weiß nie, was passieren wird. Es ist viel zu unruhig. Überall Soldaten und Polizei. Ich möchte nicht zurückziehen. Noch nicht jedenfalls. Und Mama und Papa wollen auch hier bleiben. Bis jetzt.«

Sie setzten sich auf eine Bank am kleinen Fischmarkt.

»Hier bin ich mal mit dem Fahrrad hingefallen«, erzählte Paul und zeigte auf die Eisenbahngleise. »Ich drehte mich um und schaute einem … jemandem, den ich kannte, nach und sah das Gleis nicht. Da blieb ich mit dem Vorderrad im Gleis stecken und stürzte. Eine alte Dame kam und half mir. Und ich heulte. Nicht, weil es wehgetan hatte, sondern weil ich meine neue Jacke kaputt gemacht hatte.«

Petr sah ihm ins Gesicht, während er sprach. Er schien nicht zuzuhören.

»Jetzt weiß ich es wieder!«, brach es plötzlich aus ihm heraus.

»Was?«, fragte Paul.

»Ich fand, dass du jemandem ähnelst. Gleich als ich dich sah, dachte ich daran. Ich kam nicht sofort drauf, wem du ähnlich siehst. Aber jetzt erinnere ich mich.«

»Wem sehe ich ähnlich?«

»Du ähnelst einem Jungen, der in einem Bilderbuch vorkam, aus dem mir meine Großmutter immer vorgelesen hatte, als ich klein war und noch in Prag gewohnt habe. Es war ein Märchenbuch. Mit superschönen Bildern.«

«Wovon handelte das Märchen?«

»*O malém princi.*«

«Was hast du gesagt?«

»Es handelte von einem kleinen Prinzen«, sagte Petr und lächelte.

Einige Tage später saß Paul auf dem Zaun vom Parkplatz am Markt und wartete auf Petr. Er hatte einen Brief bekommen, in dem stand, dass Petr ihn treffen wollte. Pauls Mama hatte gelacht, als er ihn gelesen hatte. »Hast du ein Mädchen getroffen?«, hatte sie gefragt. »Du wirkst so fröhlich.« Aber er hatte nur gelacht.

Er sah auf die Uhr. Petr hatte elf Uhr gesagt, und jetzt war es bereits zehn nach. Was, wenn er nicht käme?

Er sah hinüber zur Bushaltestelle, sobald ein Bus ankam. Aber er wusste nicht genau, wo Petr wohnte, und deshalb auch nicht, mit welchem Bus er kommen würde.

Plötzlich spürte er einen warmen Luftzug im Nacken. Und bevor er es schaffte sich umzudrehen, hörte er eine Stimme, die sagte: »Ich glaube, ich bin ein bisschen verliebt in dich.«

Paul wurde es warm.

»Was hast du gesagt?«, fragte er lächelnd, als Petr über den Zaun sprang.

»Du hast es doch gehört«, sagte dieser. »Ich dachte nur, ich sage es dir sofort, bevor du mich siehst. Sonst hätte ich mich vielleicht nie getraut.«

Paul lachte und sprang vom Zaun.

»Natürlich habe ich gehört, was du gesagt hast.«

»Und?«, fragte Petr. »Willst *du* nichts sagen?«

»Ich? Warum?«

Petr holte mit den Armen aus. »In der Regel machen sie das immer so in Filmen«, sagte er.

Paul lachte und zog einen Zettel aus der Brusttasche.

»Dann tue ich so, als wäre das hier ein Stummfilm«, sagte er und mimte ein stummes »Bitte schön!«.

Petr faltete den Zettel auseinander.

Ich bin der andere
Ich bin der, der lange gewartet hat
Auf etwas, wovon ich nie glaubte, es würde geschehen
Ich bin der andere
Der – der auf dich gewartet hat
Ich glaube wir sind
Freunde

Petr hob den Blick und sah ihn an. Dann beugte er sich zu Paul und gab ihm einen flüchtigen Kuss auf die Wange.

»Keine Angst, Paul«, flüsterte er. »Sieh dich um. Die Leute sind viel zu beschäftigt. Niemand kümmert sich darum, was wir tun. Und wenn uns jemand sehen sollte, spielt das auch keine Rolle. Und wenn wir so lange gewartet haben, können wir uns doch nicht *selbst* daran hindern zu tun, worauf wir gewartet haben. Oder?«

»Nein, natürlich nicht«, antwortete Paul. »Aber, ich bin noch ein bisschen unsicher. Nicht dir gegenüber vielleicht, aber allen anderen gegenüber. Ich will … ich will in Frieden gelassen werden mit dir. Nur du und ich, meine ich. Nur wir allein.«

Petr nickte.

»Das will ich auch«, sagte er. »Wir können ja später zu mir nach Hause fahren. Mama und Papa wollten heute Nachmittag einen Bekannten besuchen. Sie werden erst spät nach Hause kommen. Dann sind wir allein.«

Petr schloss die Haustür auf und rannte hinein. »Ich muss aufs Klo! Sofort!«

Paul ging in die Küche und setzte sich an den Tisch. Er hörte die Toilettenspülung. Dann eine Tür, die geöffnet wurde.

»Wo bist du?«, rief Petr.

»In der Küche. Hier liegt ein Zettel auf dem Tisch.«

»Was steht drauf?«, fragte Petr von der Diele aus.

»Das steht, Petr. *Jdes ... jdes mi na ner ... nervy.* Ach, ich kann das nicht lesen.«

Petr lachte und nahm den Zettel.

»Was steht da?«, wollte Paul wissen.

»Das ist von Mama. Sie ist ein bisschen verärgert, dass ich vergessen habe, das Essen nach dem Frühstück abzuräumen. Normalerweise vergesse ich das nicht, aber ich war so in Gedanken, als ich losging, um dich zu treffen.«

»Ist sie jetzt böse?«

»Nein. Überhaupt nicht. Nur ein bisschen. Sie findet, ich gehe ihr nur auf die Nerven.« Er setzte sich Paul gegenüber. »Möchtest du etwas? Kaffee? Tee?«

Paul schüttelte den Kopf.

»Nichts?«

»Nein.«

»Bist du sicher?«

Paul lachte. »Ja, ich bin sicher. Was du quasselst. Willst du mir jetzt auch auf die Nerven gehen?«

»Nein, ich habe nur gefragt, was du willst.«

»Was sollte das sein?«

»Mich!« sagte Petr und lächelte. »Komm, ich zeige dir, wie ich wohne.«

Pauls Blick wurde von einem eingerahmten Foto angezogen, das im Wohnzimmer hing. Es war das Porträt eines jungen Mannes mit dunklen Augen. Sein Lächeln erinnerte an Petrs.

»Ist das ein Verwandter von dir?«

»Nein«, antwortete Petr. »Das ist Jan Palach. Der sich vor einigen Monaten verbrannt hat.«

»Was? Was meinst du?«

»Er verbrannte sich Mitte Januar. Aus Protest gegen das neue Regime in der Tschechoslowakei.«

Paul starrte das Foto an. »Wo ist das passiert?«

»In Prag. Auf dem *Václavské námestí*. Das ist ein großer Platz. Es war direkt vor dem Nationalmuseum, neben der Statue. Aber er starb nicht sofort. Die Leute versuchten, das Feuer zu löschen. Und dann wurde er ins Krankenhaus gebracht. Er starb erst einige Tage später an den Folgen seiner Verletzungen.«

»Mein Gott! Das ist doch Wahnsinn. Er sieht ja nicht älter aus als wir. Oder ist das ein altes Bild?«

»Nein, ist es nicht«, antwortete Petr. »Er war noch nicht so alt. Zwanzig, glaube ich. Nur einige Jahre älter als ich. Mama hat das Bild gerahmt. Sie hat es aus einer Zeitung ausgeschnitten. Er wurde fast zu einem Nationalheiligen in der Tschechoslowakei. Die Leute pilgern zum Wenzelsplatz und zu Jan Palachs Grab, um seiner zu gedenken und um gegen das Regime zu demonstrieren.« Er schwieg einen Moment. »Wir bekamen einige Wochen nach seinem Tod einen Brief von Großmutter. Sie und Großvater waren ganz in der Nähe, als es passierte. Sie kamen bei der Statue zeitgleich mit dem Krankenwagen an. Es roch nach Benzin und verbranntem Fleisch. Es war scheußlich.«

»Kannte deine Großmutter ihn?«

Petr schüttelte den Kopf. »Das glaube ich nicht. Sie hat ihn vielleicht wiedererkannt, aber das weiß ich nicht. Er kam nicht aus Prag, sondern aus einem kleinen Dorf. Aber mein Cousin Sasa war in derselben Studentenvereinigung wie Palach, daher kannte er ihn. Er war bei dem Hungerstreik nach Palachs Tod am Nationalmuseum dabei, aber dann wurde er von meinem Onkel gezwungen aufzuhören. Sie hatten solche Angst, dass auch Sasa sterben würde.«

»Aber hat sich was verändert? Nachdem er sich verbrannt hatte?«

»Nein, ich glaube nicht. Doch, vielleicht. Seine Tat brachte die Menschen dazu sich … sich zu versammeln, den Ernst der Lage zu erkennen«, fing Petr an. »Aber die, denen der Protest eigentlich gegolten hatte, der Besatzungsmacht nämlich, schienen sich nicht im Geringsten darum zu scheren. Sie waren darüber hinaus so unverschämt zu behaupten, Jan Palach sei ›ein Opfer des schlechten tschechischen Schulsystems‹ geworden, das ihm offensichtlich nicht die ›Wahrheit‹ über den Marxismus-Leninismus beigebracht hatte. Allerdings sagt Papa, dass das tschechische Volk nur allzu gut gelernt habe, was diese Wahrheit beinhaltet.«

Paul murmelte etwas Unverständliches.

»Was hast du gesagt?«

»Ich sagte, dass es in jedem Fall schrecklich ist, wenn jemand glaubt, die einzige Möglichkeit etwas zu verändern sei die, sich selbst zu verbrennen. Das ist ja genau wie mit den Mönchen in Saigon vor einigen Jahren. Erinnerst du dich? Sie haben sich doch auch verbrannt. Und die Leute standen sogar drum herum und *filmten* sie. Das ist doch nicht normal! Sie wussten also schon vorher, jemand würde sich verbrennen, und anstatt das zu verhindern oder zumindest beim Löschen zu helfen, packen sie ihre Kameras aus und filmen!«

»Ja, ich weiß. Aber niemand hat Jan Palach gefilmt. Niemand hatte es gewusst. Nur die anderen Studenten. Die sich auch verbrennen wollten.«

»Was?«

»Ja. Es waren noch mehr, die sich verbrennen wollten. Nach Palach. Aber daraus wurde nichts. Ich weiß nicht warum. Sie haben sich vielleicht nicht getraut. Oder sie waren der Meinung, dass die Aufmerksamkeit, die Palachs Tod brachte, ausreichte. Ich weiß es nicht. Es waren zwölf oder vierzehn weitere, die sich verbrennen wollten. Einer nach dem anderen. Sie losten, wer beginnen sollte. Und es traf Palach. Bah, ich will jetzt nicht mehr über so was reden. Es zieht einen nur runter. Komm, ich zeige dir stattdessen mein Zimmer.«

Paul setzte sich neben Petr aufs Bett. Er sah sich in dem fremden Zimmer um. Sein Blick ging immer wieder zurück zu den merkwürdigen Bildern an der Wand über dem Bett. Es waren drei große gerahmte Tafeln mit aufgesteckten Schmetterlingen. Hunderte von Schmetterlingen.

»Gefallen sie dir?«, fragte Petr.

Paul zögerte, bevor er antwortete. »Ich weiß nicht.«

»Weiß nicht?«

»Nein. Schmetterlinge sind schon schön. Sie sind hübsch. Aber das ist wohl schon ein bisschen grausam.«

»Ja. Ich weiß. Ich kann mich selbst nicht richtig entscheiden, ob sie mir gefallen oder nicht«, sagte Petr. »Ich habe sie von meinem Onkel Luba bekommen. Er hat sein Leben lang Schmetterlinge gesammelt. Und als wir von Prag wegzogen, schenkte er mir die Bilder zum Abschied.« Er kniete sich hin und zeigte auf einen der Schmetterlinge. »Dieser ist der Schönste, finde ich. Er kommt aus Südamerika. Sie nennen ihn Silberblitz. Allerdings steht hier *Argyrophorus argenteus*. Er sieht fast aus wie ein Kohlweißling bei diesem Licht. Aber manchmal leuchten die Flügel wie Perlmutt. Und wenn sie hoch oben in den Anden umherfliegen und vom Sonnenlicht getroffen werden, glitzern sie wie Silber. Schau! Es sieht fast so aus, als seien die Flügel aus Silber. Findest du nicht?«

Dann setzte er sich wieder. Er nahm Pauls Hand und streichelte sie. »Allerdings bist du noch schöner«, sagte er. »Du bist der Allerschönste.«

Dann kam er näher und gab Paul einen Kuss auf die Wange.

Paul spürte, wie sich die Wärme in seinem Körper ausbreitete; er lehnte sich zurück und zog Petr mit.

»Komm!«, sagte er. »Komm näher.«

Petr legte sich dicht neben ihn; er strich mit seinem Finger über Pauls Augenbrauen.

»*Můj malý princi*«, flüsterte er. »*Můj malý, malý princi.*«

Paul spürte seinen Atem in seinem Gesicht, er war warm. Fast heiß. Als ob er Fieber hätte. Aber Petr lächelte nur, als er ihn danach fragte.

»Nein, ich glaube nicht. Und wenn, dann bist du es, der das verursacht.«

Und dann küssten sie sich.

Am Abend standen sie an der Bushaltestelle und warteten auf den Bus, der Paul nach Hause bringen würde.

»Wir müssen uns bald wiedersehen«, sagte Petr. »Sonst werde ich verrückt.«

Paul lachte. »Natürlich müssen wir uns wieder sehen«, antwortete er. »Sonst sterbe ich.«

Petr umarmte ihn, und jetzt war Paul nicht mehr besorgt, dass jemand sie sehen könnte. Er konnte den Körper des anderen dicht an seinem spüren, und sein eigener Körper antwortete darauf.

Petr spürte es ebenfalls. Er umarmte ihn nur umso fester, dann ließ er Paul los und ging einen Schritt zurück.

»Das ist ja lebensgefährlich«, sagte er lachend.

»Ja, und so spannend.«

VIERZEHN

»Da ist ein Brief für dich angekommen«, sagte seine Mutter, als Paul aus der Schule kam. »Und dann hat noch ein Junge angerufen und nach dir gefragt. Ich glaube, er hieß Peter.«

»Das muss Petr gewesen sein«, sagte Paul und hängte seine Wildlederjacke weg.

»Petr?«

»Ja, das ist ein tschechischer Name.«

»Ja, vielleicht sagte er Petr. Ich bin mir nicht sicher. Hier ist auf jeden Fall der Brief.«

»Danke. Sagte er, ob er noch mal anrufen wollte?«

»Ja, ich glaube. Doch, das tat er. Was ist das für ein Junge?«

»Jemand, den ich erst vor Kurzem kennengelernt habe.«

»In der Schule?«

»Ja.«

Das Telefon klingelte. Er hörte, wie seine Mutter abnahm.

»Es ist für dich, Paul. Es ist Peter … Petr, meine ich.«

Er nahm den Hörer.

»Hallo Princi! Ich bin es.«

»Hallo! Danke für den Brief. Allerdings habe ich noch nicht fragen können, ob ich zu Walpurgisnacht bei dir übernachten darf.«

»Das macht nichts. Du kannst sie später noch fragen. Aber jetzt musst du deine Eltern etwas anderes fragen. Etwas viel Wichtigeres.«

»Was denn?«

»Ob du morgen bei mir übernachten darfst.«

»Morgen?«

»Ja. Mama und Papa fahren zu Bekannten nach Kalmar. Sie wollen das Eishockeyspiel Sowjetunion gegen die Tschechoslowakei sehen und werden nicht vor Samstagabend nach Hause kommen.«

»Warte«, sagte Paul. »Ich werde Mama fragen.«

Nach einer Weile kam er wieder ans Telefon.

»Okay. Es klappt. Wann soll ich kommen?«

Sie saßen und redeten vor dem Kamin. Der Fernseher lief, das Spiel hatte begonnen. Aber sie hatten den Ton abgedreht und hörten stattdessen eine Schallplatte.

»Mama ist überzeugt davon, dass ich verrückt geworden bin«, sagte Paul.

»Warum das?«

»Als ich ihr sagte, ich würde gern Eishockey sehen. Sie weiß doch, dass mich das überhaupt nicht interessiert.«

Petr lachte. »Du hast zumindest nicht gelogen. Der Fernseher ist ja eingeschaltet.«

Paul lehnte sich an Petr, legte seinen Arm um seine Schulter. »Mein Gott, was bin ich froh, dass ich dir begegnet bin.«

»Ja, ich auch.«

»Wie kam es dazu, dass du Modell gesessen hast? In unserer Schule? Hat dich das nicht viel Überwindung gekostet?«

»Ach, halb so wild«, setzte Petr an. »Er fragte uns, ob es jemanden in der Klasse gab, der sich vorstellen könnte, Modell zu sitzen. Und ich hob zuerst die Hand. Ich hatte natürlich nicht geglaubt, dass das so nervenaufreibend ist. Aber es war trotzdem halb so wild.« Er lächelte und berührte Pauls Lippen. »Und dann spürte ich ja auch, dass ich dir begegnen würde.«

»Wirklich?«

»Vielleicht.«

»Was meinst du damit?«

»Tja, vielleicht hatte ich dich auch irgendwann einmal auf dem Schulhof gesehen, als ich einen Freund treffen wollte. Vielleicht habe ich zufällig jemanden gefragt, in welche Klasse du gehst und wie du heißt und so. Und vielleicht habe ich Håkansson gefragt, für welche Klasse ich Modell sitzen sollte.«

»Was denn? Willst du damit sagen, dass Håkansson auch an deiner Schule arbeitet?«

»Ja. Begreifst du jetzt?«

»Ja, vielleicht. Aber ich verstehe nicht, warum ich dich nicht gesehen habe, als du auf unserem Schulhof warst. Ich hätte dich doch sehen müssen.«

Petr lachte. »Ich habe dich nur ein einziges Mal gesehen, bevor wir uns im Zeichensaal begegneten«, sagte er. »Und da hast du allein vor dem Speisesaal gestanden und etwas betrachtet, das auf dem Boden lag. Etwas Kleines. Dann hast du dich gebückt und es aufgehoben. Aber ich konnte nicht sehen, was es war. Und du schienst völlig eingenommen von dem, das du da gefunden hattest.«

Paul sah den anderen fragend an. »Ich verstehe nicht, wovon du sprichst«, sagte er. »Wann war das?«

»Vergangenen Herbst.«

»Vergangenen Herbst?«

»Ja, vergangenen Herbst. Es muss Ende September gewesen sein.«

»Wie kannst du dich daran erinnern?«

»Weil es der Tag vor meinem Geburtstag war.«

»Welcher Tag war es?«

»Der 20. September 1968. Ich glaube, es war zehn nach zwölf.«

Paul lachte und knuffte ihn. »Du machst Witze!«

»Nein, ich schwöre es. Es ist wahr.«

»Das werde ich nachprüfen. In meinem Tagebuch.«

Petr ging zum Fenster und ließ die Jalousien herunter. Er drehte sich um und lächelte Paul an.

»Wir legen die Matratze auf den Boden«, sagte er. »Dann haben wir mehr Platz.«

Und dann fing er an sich auszuziehen; den Pullover, die Jeans, die Strümpfe, die Unterhose. Nackt ging er zu Paul, legte seine Hände auf dessen Schultern und zog ihn an sich.

Paul wagte kaum, ihn zu berühren.

»Ganz ruhig«, flüsterte Petr. »Ich bin nicht gefährlich.«

Paul konnte den Körper des anderen an seinem spüren, er konnte das Glied des anderen an seinem Bein fühlen.

»Willst du dich nicht ausziehen?«

»Doch«, antwortete er. »Ich will nur noch mal pinkeln gehen.«

Er schloss die Badezimmertür hinter sich, sein Herz hämmerte so laut, dass er glaubte, Petr würde es hören. Er ging zum Waschbecken und befeuchtete sich das Gesicht mit kaltem Wasser.

»Beruhige dich«, flüsterte er seinem Spiegelbild zu. »Beruhige dich und leg dich zu ihm. Das willst du doch.«

Paul zog sich seine Jeans und das Hemd aus. Dann setzte er sich auf die Matratze und zog sich schnell die Unterhose runter. Genauso schnell verschwand er unter der Bettdecke.

Petr lächelte und rückte näher. Wieder konnte er den warmen Atem des anderen auf seinem Gesicht spüren. Und dessen Glied an seiner Hüfte.

Er legte sich auf die Seite. Ihre Augen begegneten sich. Und Paul dachte, dass die Augen des anderen das schwache Licht im Zimmer aufzusaugen schienen. Petrs Augen glänzten in der Dunkelheit. Wie Wassertropfen im Mondschein, dachte Paul.

Ihrer Hände trafen sich, die Finger spielten miteinander: Wessen Hand gehörst du? Und ihre Dinger trafen sich, wie zwei kleine Schwerter.

»*Můj princi*«, flüsterte Petr. »*Můj malý princi.*«

»Was bedeutet das?«, fragte Paul, obwohl er es bereits wusste.

Petr flüsterte eine Antwort und dann begannen seine Hände, Pauls Körper zu erforschen; sie strichen über seinen Brustkorb, fanden seinen Nabel. Sie kitzelten, brannten und erforschten. Ihre Lippen lagen direkt aneinander. Paul küsste ihn. Petrs Augen glitzerten, und seine Hand fand Pauls Glied. Vorsichtig streichelte er es.

Paul begann, die Schultern und den Rücken des anderen zu streicheln. Ihre Arme stießen zusammen, und sie kicherten. Pauls Hand erreichte den Hintern des anderen, gleichzeitig spürte er Petrs Hand um sein Glied. Petr streichelte ihn sanft, schloss seine Hand um seinen Hodensack.

Und Paul konnte sich nicht länger zurückhalten.

»Ah!«, flüsterte Petr und lächelte.

Paul seufzte lang anhaltend. Er hielt den Atem an und klammerte sich an Petr. Er befühlte Petrs Bauch und wisperte: »Jetzt bist du völlig zugekleckert.«

»Das macht nichts. Wir haben schließlich ein Badezimmer, weißt du«, antwortete Petr. »Und eine Waschmaschine übrigens auch.« Er langte nach dem Unterhemd, das am Kopfende des Bettes hing.

Die Bettdecke rutschte bei seiner Bewegung zur Seite; Paul sah seinen Körper im dunklen Licht, das durch die Jalousien nach innen drang.

Er streckte seine Hand aus und berührte Petrs Glied, ließ die Hand vorsichtig daran entlanggleiten. Petr seufzte, ließ den Pullover los und legte sich auf den Rücken. Paul bewegte seine Hand langsam. Er konnte Petr irgendetwas murmeln hören, konnte aber nicht verstehen, was. Er stützte sich auf den Ellenbogen, um mehr sehen zu können, um ihn besser berühren zu können. Er hörte, wie sich Petrs Atem veränderte. Er stand auf und schaute auf Petrs Körper runter. »Wie schön du bist«, flüsterte er. Dann machte er weiter.

Petr begann, sich langsam zu winden, er hob seine Arme, um Pauls Rücken zu streicheln. »Oh, Paul!«

Paul beugte sich vor und berührte den Hals des anderen mit seinen Lippen. Er spürte, wie der andere bebte. Er küsste ihn. Und spürte, wie ihn etwas Feuchtes am Hals traf.

Paul hatte Tränen in den Augen, als er Petrs Atem hörte, es klang wie ein Schluchzen.

»Oh Gott!«, wisperte Petr. »Umarme mich. Komm!«

Sie umarmten sich, fest und lange.

»Ich habe so etwas noch nie erlebt«, sagte Paul kichernd.

»Ich auch nicht«, antwortete Petr. »Ich glaube, es gibt nichts Gleichartiges. Und wenn, dann spielt es für mich keine Rolle. Das hier reicht mir voll und ganz.«

Dann fingen sie plötzlich an zu lachen.

Petr streckte sich und schmiegte sich dichter an Paul.

»Das ist so wunderbar«, flüsterte er. »Stell dir vor, sie wüssten es.«

»Wenn wer wüsste?«

»Wer auch immer! Spielt keine Rolle. Einfach nur, wenn sie wüssten.«

Paul lachte. »Es gibt doch wohl viele, die es wissen«, sagte er. »Glaubst du nicht?«

»Doch, einige wissen es. Glaube ich.«

Paul gähnte und rieb sich die Augen. Die Uhr auf Petrs Schreibtisch zeigte halb drei.

»Willst du schlafen, Princi?«

Paul brummte eine Antwort.

»Dann werde ich dir ein Schlaflied singen. Ein Wiegenlied, das mir meine Großmutter immer vorgesungen hat, als ich klein war. Komm! Leg dich hier aufs Kissen.«

Paul legte sich zurecht. Und schloss die Augen. Es schien, als würde die Matratze sich drehen, drehen, wie ein Karussell. Und Petr begann zu singen; flüsternd, gedämpft. Und fremd.

»Hajej můj princi a spi
jsou s tebou andělé tví …«

Doch Paul war bereits eingeschlafen.

Er wachte auf, weil er auf die Toilette musste. Und schon bevor er die Augen öffnete, wusste er, dass er bei Petr war. Er konnte seinen Duft wahrnehmen. Er konnte seinen Atem hören.

Petrs Arm lag auf seiner Brust, und er wollte sich nicht umlegen. Aber nach einer Weile blieb ihm nichts anderes übrig. Vorsichtig glitt er aus der Umarmung des anderen und ging ins Badezimmer.

»Bist du wach?«, flüsterte er, als er zurückkam.

Er bekam keine Antwort.

»Bist du wach, Milenec?«

Petr lächelte und öffnete seine Augen; er streckte seinen Arm aus und legte seine Hand auf Pauls Brust. Unter der Handfläche konnte er den Herzschlag fühlen.

»Ja, Princi«, flüsterte er. »Ich bin wach. Und nackt. Fühl mal!«

Paul lachte. »Ja, ich fühle es. Und ich bin auch nackt. Fühl mal!«

Und Petr tastete vorsichtig um seine Augen herum.

»Wann kommen deine Eltern?«

»Ach, es gibt jetzt nur uns zwei.«

»Nein, antworte richtig. Wann kommen sie?«

»Warum fragst du?«

»Na ja, ich habe gesehen, dass ihr eine riesige Badewanne habt. Und ich dachte, dass wir noch baden könnten, bevor sie kämen.«

Petr kicherte.

»Wir schaffen es noch, sowohl zu baden als auch ...«

»Und was auch?«

»Tja ...«

»Und was auch, wollte ich wissen?«, wiederholte Paul.

»Das Laken zu waschen«, antwortete Petr.

Nach dem Bad machten sie einen langen Spaziergang. Es schneite und der Schnee knirschte unter ihren Füßen.

»Wieso wolltest du wissen, ob ich mit jemand anderem zusammen gewesen war?«, fragte Petr.

»Es ist alles so beeindruckend«, fing Paul an. »Du machst soviel. Du traust dich so viel. Du tust Dinge, die ich mir nicht einmal vorgestellt habe. Ich habe ... ich wusste nicht einmal, was man tun kann. Du bist wie ... fast wie ein Lehrer, irgendwie. Und deshalb dachte ich, dass du das von jemand anderem gelernt hättest. Du bist ja nur ein Jahr älter als ich. Nicht mal das. Wo hast du das alles gelernt?«

Petr lief eine Weile schweigend weiter, bevor er antwortete. »Ich weiß nicht, ob ich so viel gelernt habe«, sagte er. »Aber ich mag es zu spielen. Ich mag es, mir Sachen auszudenken. Übrigens bin ich mir nicht so sicher, ob *ich* der Lehrer bin. Könntest nicht genauso gut du das sein, Paul?«

Paul blieb stehen und schaute seinen Freund an. »Ich? Ich weiß doch überhaupt nichts. Ich wäre niemals auf so was gekommen ... was du da in der Badewanne gemacht hast. Ich hatte noch nicht einmal jemanden geküsst, bevor ich dich getroffen habe.«

»Aber du«, sagte Petr, »manchmal passieren Dinge einfach.

Sachen und Dinge kommen einfach irgendwie. Man braucht nicht immer einen Lehrer, um etwas Neues auszuprobieren. Manche Dinge kommen einfach von selbst. Und ich glaube nicht … Warte! Steh mal still!« Er zog den Handschuh aus und berührte Pauls Wange. »Schau! Ein kleines Härchen von deinen Wimpern.«

Paul lächelte.

Petr knöpfte die obersten Knöpfe seiner Jacke auf und steckte die Hand unter den Pullover.

»Was machst du?«

»Ich habe mir was gewünscht.«

»Was meinst du?«

»Na, wenn man eine Wimper von jemand anderem findet, soll man sie unter seine Unterwäsche stecken. Und dann darf man sich was wünschen.«

Paul lachte und schüttelte den Kopf. »Davon habe ich ja noch nie gehört. Hast du das selbst erfunden?«

Petr schüttelte den Kopf.

»Nein. Das habe ich nicht selbst erfunden. Gewisse Dinge *muss* man schließlich lernen. Und das habe ich zu Hause bei meiner Großmutter in Prag gelernt.«

»Dann ist das irgendein tschechischer Aberglaube, oder?«

»Genau.«

»Was hast du dir denn gewünscht?«

»Na, das solltest du doch wohl wissen, dass man niemandem verraten darf, was man sich gewünscht hat. Dann erfüllt es sich doch nicht. Ob man nun hier oder in der Tschechoslowakei ist. Komm, lass uns weitergehen, bevor wir anfangen zu frieren.«

»Willst du dir nicht den Kragen zuknöpfen?«

»Ach, so kalt ist es auch nicht.«

Sie kamen zum Meer. Der Wind war kalt, und Paul fror.

Petr zeigte auf ein Gartenhaus draußen auf einer Landzunge.

»Dort habe ich vor zwei Jahren gesessen und gesehen, wie das Haus auf der anderen Seite der Bucht niederbrannte. Schau, dort drüben! Dort stehen noch die Reste vom Schornstein. Siehst du?«

Paul nickte.

»Die Flammen waren so unglaublich hoch. Und hinter dem Haus fingen einige Bäume Feuer. Ich hatte Angst, dass es einen Waldbrand geben könnte und dass das Feuer bis zu unserem Haus käme.«

»Ist die Feuerwehr nicht da gewesen?«

»Doch. Aber ich hatte trotzdem Angst.«

»Warst du allein?

»Ja.«

»Wieso warst du allein dort in dem Gartenhaus?«

Petr schien zu zögern. »Ich ... dieses Gartenhaus war ... mein heimliches Versteck, kann man sagen«, erzählte er. »Ich bin fast jeden Tag dort gewesen.«

»Aber es kann doch nicht besonders heimlich gewesen sein. Ich meine, die, die in dem Haus wohnten, müssen dich doch gesehen haben?«

»Nein. Dieses Haus hat bereits mehrere Jahre leer gestanden, bevor es abbrannte. Es gab... es gab nie jemanden, der ... mich gesehen hat.« Er verstummte und blickte zum Gartenhaus.

»Was ist los? Warum ... warum zögerst du so?«

»Zögern? Nein, ich zögere nicht. Ich musste nur an etwas anderes denken. Ach, lass uns auf die Landzunge rausgehen.« Dann sagte er plötzlich: »Ich möchte dich jetzt fotografieren, Princi. Setz dich auf den Stein dort drüben.«

Paul ging neben einem niedrigen Felsen in die Hocke. Petr führte die Kamera vor sein Auge; durch den Sucher sah er einen

Jungen, der einem Prinzen aus einem Märchen ähnelte, das seine Großmutter ihm immer vorgelesen hatte, als er klein war. Aber der Junge im Sucher war keine Märchenfigur. Er war äußerst real. Und sein dunkles Haar flatterte im beißenden Wind, seine dunklen Augen sahen in die Kamera. Und er lächelte.

»Ich werde es niemals schaffen, ein Porträt von dir zu zeichnen«, rief Petr. »Deshalb muss ich dich fotografieren. Damit ich etwas zum Angucken habe, wenn du nicht in der Nähe bist.«

Paul lachte.

»Ich möchte auch ein Foto haben«, sagte er. »Von dir natürlich. Auch wenn ich schon ein Porträt von dir gezeichnet habe. Und obwohl ich schon ein Schulfoto von dir bekommen habe. Komm und setz dich hier auf den Felsen.«

Petr reichte die Kamera an Paul.

»Es wird ein Profilbild«, sagte Paul. »Ich muss eines mit deiner Nase haben.«

Petr fing an zu lachen. »Meine Nase? Was meinst du? Ist die denn so besonders?«

»Ja.«

»Auf welche Weise?«

Paul lächelte.

»Es ist die einzige Nase, die ich jemals bis zur Hälfte in meinem Bauchnabel habe verschwinden sehen.«

Petr lachte so sehr, dass er beinahe von dem Stein fiel.

»In dem Fall musst du auch darauf achten, dass meine einzigartigen Lippen drauf sind.«

»Keine Bange. Deine Lippen werden zu sehen sein.«

FÜNFZEHN

Die Sonne brannte auf den Sandstrand, an dem sie sich treffen wollten. Paul wäre lieber zum Felsenschwimmbad am anderen Ende der Stadt geradelt, aber er hatte Petr bestimmen lassen.

»Mama ist krank«, hatte er am Telefon gesagt. »Sie hat Migräne. Deshalb möchte ich in ihrer Nähe sein. Ich habe mir vorgenommen, irgendwann gegen Mittag kurz nach Hause zu radeln, um nach ihr zu sehen. Du hast doch nichts dagegen?«

»Überhaupt nicht. Das macht nichts. Hauptsache wir sehen uns«, hatte Paul geantwortet.

Sie waren rausgeschwommen und hatten sich zum Sonnenbaden auf ein Floß gelegt.

»Stell dir vor, morgen werden sie auf dem Mond landen«, sagte Paul. »Das ist doch fantastisch. Stell dir mal vor, ich dürfte dabei sein. Das wäre einfach wunderbar.«

»Ja, das wäre es. Aber ich glaube, ich würde mich nicht trauen«, sagte Petr.

»Nicht? Warum denn nicht?«

»Na, ich weiß nicht. Das ist so ... so weit weg. Stell dir mal vor, du könntest nicht mehr zurück. Wenn die Rakete irgendeinen Defekt bekäme, sodass man nicht mehr vom Mond abheben könnte. Dieses Risiko würde ich nie eingehen.«

»Ich würde mich trauen«, sagte Paul und stützte sich auf seine Ellenbogen. »Es würde keine Rolle spielen. Wenn ich nicht mehr zurückkommen könnte, meine ich. Stell dir doch nur mal vor, auf dem Mond zu *gehen*, die Erde von oben zu *sehen*. Das wäre mir die Reise wert, auch wenn ich nicht zurückkehren könnte. Das wäre doch so etwas Großartiges, dass die Rückkehr nicht mehr wichtig wäre. Meinst du nicht? Für ein solches Erlebnis könnte man doch sterben?«

Petr schnaubte. »Nein, wirklich nicht. Es gibt jede Menge Plätze und Länder auf der Erde, die ich sehen will. Stell dir vor, nach Afrika zu fahren und all die wilden Tiere zu sehen. In echt. Oder die Pyramiden. Oder auf diesem unterirdischen Fluss zu fahren, der durch die Adelsberger Grotte fließt. Man könnte einfach nur im Boot sitzen und sich die vielen Stalaktiten anschauen.«

Paul lachte. »Na klar, das wäre auch toll. Aber das könnte man ja dann zuerst machen. Und dann könnte man sich die Reise zum Mond bis zuletzt aufheben, bis man alles auf der Erde gesehen hat. Würdest du dich dann trauen?«

»Vielleicht. Aber ich glaube eher nicht. Ich glaube, ich hätte trotzdem Angst.«

»Ach«, sagte Paul. »Aber du weißt schon, dass es riesengroße eklige Spinnen in Grotten gibt?« Er streckte die Hand aus und tat so, als wären seine Finger Spinnenbeine, die über Petrs Rücken liefen.

Petr lachte und wich zurück.

Paul streckte sich auf dem Badelaken aus, als Petr aufstand, um sich umzuziehen.

»Ist ja schrecklich, wie du guckst«, sagte Petr und lächelte.

»Ja. Du bist so schön. Ich bekomme Bauchschmerzen allein bei deinem Anblick«, sagte Paul. »Eigentlich sollten wir jetzt bei dir zu Hause sein. Allein.«

»Am nächsten Wochenende werden wir allein sein«, sagte Petr. »Da fahren Mama und Papa wieder nach Kalmar. Dann haben wir drei ganze Tage für uns. Und dann kann ich mich anziehen und ausziehen, so oft du willst. Aber du solltest dir besser eine gute Bauchmedizin besorgen. Sonst überlebst du das Wochenende nicht.«

Paul lächelte. »Sie können mir gerne meinen Bauch amputieren. Solange ich mit dir zusammen sein kann.«

»Meinetwegen«, sagte Petr. »Solange sie nichts anderes amputieren.«

Er zog seine Shorts an und beugte sich zu Paul hinunter. »Ich werde in etwa einer halben Stunde wieder zurück sein. Ich will nur sehen, ob meine Mutter etwas braucht.« Er beugte sich tiefer und gab Paul einen Kuss auf die Wange. »Ich kaufe uns ein Eis, wenn ich zurückkomme. Tschüß, Princi.«

»Ja«, sagte Paul lächelnd. »Beeil dich!«

Die Sonne brannte auf seinen Rücken. Er lag mit dem Kopf unter dem Handtuch da und lauschte den Geräuschen seiner Umgebung; lachende Kinder, Eltern, die nach ihren Kindern riefen, Transistorradios, die Töne von sich gaben, die ab und zu vom Wind weggeblasen wurden. Weit entfernt hörte er eine Sirene und einen Bus, der anfuhr. Und direkt neben ihm saß ein kleines Mädchen, das mit seiner Plastikente sprach.

Er zog das Handtuch zur Seite, stützte sich auf die Ellenbogen und schaute auf Petrs Armbanduhr, die noch neben der Badehose lag.

»Warum kommt er denn nicht?«, murmelte er. »Jetzt ist er schon seit über einer Stunde weg.«

Er stand auf und schaute forschend in Richtung des Weges. »Beeil dich, Milenec.« Er drehte sich um und sah aufs Wasser. Dann entschied er sich.

Eilig packte er seine und Petrs Sachen zusammen und ging zum Fahrrad. Es war gut ein Kilometer vom Strand zu Petrs

Haus, wenn man den großen Weg nahm. Aber Paul entschloss sich, den anderen Weg zu nehmen, einen alten Waldweg, der fast zugewachsen war.

Er radelte so schnell er konnte, die Augen auf den Weg vor ihm gerichtet, um den schlimmsten Huckeln und Schlaglöchern auszuweichen. Er hatte das Gefühl, etwas vergessen zu haben, etwas Wichtiges, aber ihm fiel nicht ein, was es war.

Erst als er sich dem Haus näherte, fiel ihm ein, was er vergessen hatte. Die Sirenen.

In dem Moment, als er ankam, sah er das Haus und die Feuerwehrautos und ihm wurde bewusst, dass er seit einer ganzen Weile schon den Brandgeruch in der Nase hatte.

»Petr!«, brüllte er und stürzte mit dem Fahrrad. Der Lenker traf ihn im Bauch, aber er spürte keinen Schmerz. Er stand eilig auf und rannte zum Haus. Er bemerkte nicht einmal, dass er dabei über Petrs hingeworfenes Fahrrad sprang.

Die Flammen standen hoch über dem Haus. Und überall standen Feuerwehrleute mit Wasserschläuchen, die sie auf die Flammen richteten. Es dröhnte, aber er wusste nicht, ob es von den Flammen oder von den Spritzen kam.

»Petr!«, schrie er, aber er brachte nur ein Krächzen zustande.

»Verdammt noch mal! Verschwinde!«

Ein Feuerwehrmann griff seinen Arm und zog ihn zur Seite. »Wo willst du hin? Bist du lebensmüde? Bleib zurück!«

Paul stürzte auf den Rasen. Er hielt sich am Zaun fest und versuchte aufzustehen, aber seine Beine gaben immer wieder nach; er fiel erneut hin und kratzte sich am Zaun den Arm auf.

Plötzlich war ein fürchterliches Dröhnen zu hören. Mit Entsetzen starrte er auf das Haus, sah, wie die Feuerwehrleute sich schnell zurückzogen, nur Sekunden bevor das Dach einstürzte. Ein gigantischer Funkenschauer prasselte auf den Garten nieder.

Paul sah, wie eine Birke auf der anderen Seite des Hauses Feuer fing. Und dann sah er den Krankenwagen.

Er stand auf und rannte auf das Auto zu. Seine Beine fühlten sich schwer an, und jeder Schritt war wie ein Schlag gegen seinen Kopf. Was machen die da?, dachte er verwirrt, als er zwei weißgekleidete Personen an einer Trage sah.

Jemand lag auf der Trage; eine der Krankenschwestern bedeckte das Gesicht dieser Person.

Paul blieb abrupt stehen und fiel einige Meter vor der Bahre auf die Knie. Er starrte auf etwas Dunkles, das unter dem Tuch hervorschaute. Er begriff nicht, was es war. Sein Puls schlug böse gegen seine Schläfen, und er hatte Probleme, seinen Blick zu fokussieren. Dann wurde ihm mit Entsetzen bewusst, dass der unförmige schwarze Gegenstand ein Arm war. Der verbrannte Arm von jemandem.

Etwas anderes fiel ihm ins Auge.

Zuerst weigerte er sich zu akzeptieren, was er sah. Trotzdem konnte er es nicht lassen, auf das Bein zu starren, das unter dem Tuch hervorschaute.

Wie ein Echo – fast wie in einem Traum – hörte er den einen Sanitäter den anderen etwas fragen. Paul starrte noch immer auf die Füße. Und während die entsetzliche Wahrheit langsam in sein Bewusstsein vordrang, hörte er Fetzen des Gesprächs der Sanitäter.

»Tot?«

»Ja. Völlig verbrannt.«

»Verdammt!«

»Und die andere Person?«

»Auf dem Weg ins Krankenhaus.«

Sie hoben die Bahre hoch und schoben sie in den Krankenwagen. Paul folgte ihr mit seinem Blick; er sah, wie Petrs rote Sportschuhe wippten, als die Bahre festgemacht wurde. Als ob die

Füße noch zu einem Lebenden gehörten.

Die Tür wurde zugeschlagen.

Paul drehte sich um und musste sich übergeben.

Er stand zu Hause im Badezimmer. Er konnte sich nicht erinnern, wie er nach Hause gekommen war, aber er musste wohl mit dem Fahrrad gefahren sein; er hatte ja seine Sachen dabei. Er hielt das Handtuch und die Badehosen in den Händen, sie waren noch feucht. Dann hängte er sie auf die Trockenleine. Als ob nichts geschehen wäre.

Als er sich umdrehte, sah er sein Spiegelbild; alle Eindrücke waren mit einem Mal wieder da. Er brach weinend auf dem Boden zusammen.

Später stand er mit Petrs Sachen in seinen Händen in der Diele, die Armbanduhr hatte durch den Fahrradsturz einen Sprung im Glas bekommen. Er roch am Handtuch und den Badehosen, konnte aber nur den Geruch von Salzwasser und Sand wahrnehmen. Kein Petr.

Er ging ins Treppenhaus, öffnete den Müllschlucker und warf die Sachen hinein.

Einige Stunden später wachte er von dem Geräusch eines Schlüssels in der Haustür auf. Er öffnete die Augen und die Erinnerung an das Geschehene warf sich über ihn, schwer, beinahe erdrückend. Als wäre die Erinnerung ein körperliches Wesen.

»Paul?«

Seine Mama kam in sein Zimmer.

»Paul?«

Er warf seiner Mutter einen Blick zu.

»Hallo, Liebling. Schläfst du etwa schon?«

Er nickte.

»Was ist los? Fühlst du dich nicht gut?« Sie setzte sich auf die Bettkante und fühlte seine Stirn. »Du bist ja total heiß!«

»Ich habe wohl ein bisschen Fieber«, murmelte er. »Ich habe eine Weile geschlafen.«

»Hast du Temperatur gemessen?«

Er schüttelte den Kopf.

»Möchtest du, dass ich ...«

»Nein«, unterbrach er sie. »Ich ... es geht mir wieder besser. Ich werde bald wieder auf dem Damm sein.«

»Ich hoffe nicht, dass du eine Grippe bekommst«, sagte sie besorgt. »Jetzt, wo es endlich Sommer ist.« Sie machte eine Pause und lächelte ihn an. »Und du Ärmster, der seine letzten Sommerferien genießen wollte. Bevor du aufs Gymnasium gehst, meine ich. Ich hoffe wirklich, dass du nicht krank wirst. Wer weiß? Nächsten Sommer hast du vielleicht nicht frei. Dann musst du dir vielleicht einen Ferienjob besorgen.«

Paul lag schweigend da. Er schloss die Augen und genoss es, ihre Hand sein Gesicht streicheln zu fühlen. Es war fast so, als wäre er wieder ein kleiner Junge. Oder ...

Er zwang sich, nicht an Petr zu denken, und öffnete die Augen.

»Was hast du mit deinem Arm gemacht?«, brach es aus Mama heraus. »Du bist ja völlig blutig.«

Er fühlte mit den Fingern über die schorfige Oberfläche.

»Ich bin gestürzt«, murmelte er. »Es tut schon nicht mehr weh.«

»Wir müssen es trotzdem reinigen«, sagte sie. »Übrigens, bist du baden gewesen?«

Er schloss die Augen und nickte langsam.

»Vielleicht möchtest du noch etwas schlafen?«

»Ja, ich glaube. Ein bisschen zumindest.«

»Dann wecke ich dich später, wenn wir essen.«

»Ja.«

Sie stand auf, um zu gehen.

»Nein! Warte!«

»Aber, Liebling. Was ist?«

Paul griff ihre Hand.

»Kannst du nicht noch etwas sitzen bleiben, bis ich eingeschlafen bin?«, bat er.

»Natürlich. Natürlich. Selbstverständlich«, antwortete sie. »Selbstverständlich tue ich das.«

SECHZEHN

Der letzte Eintrag im Tagebuch meines Bruders wurde spät nachts am 21. Juli 1969, einem Montag, geschrieben. Kurz gefasst – fast stichpunktartig – schildert er die schrecklichen Ereignisse. Aber am Ende verändert sich seine Sprache, die Sätze werden länger …

Ich bin jetzt zu Hause. Liege im Bett. Oder sitze auf dem Schreibtisch und sehe aus dem Fenster. Ohne wirklich zu sehen. Ich weiß zumindest nicht, was ich sehe. Ich begreife nicht, dass er tot ist. Versuche ständig, an etwas anderes zu denken, aber meine Gedanken gehen immer zurück zu Petr. Oder an ein Nichts. Mama glaubt, dass ich krank bin, und ich lasse sie in dem Glauben. Ich kann ihr nicht von Petrs Tod erzählen. Nicht jetzt zumindest. Ich habe keine Kraft, ihr all das andere zu erklären. Habe Angst, dass sie es nicht verstehen würde. Oder Papa. Aber ich möchte, dass sie von Petr und mir wissen. Mein Gott, ich erinnere mich kaum noch, wie er ausgesehen hat. Ich schaue mir die Fotos an, aber die wirken auch irgendwie tot. Sitze am Fenster und betrachte eine Weile den Mond. Er ist gerade im ersten Viertel, aber noch vor Halbmond werden sie die ersten Schritte auf seiner Oberfläche machen. Morgen wird das sein. Und Petr, der sich das nicht getraut hätte, darf das nicht einmal im Fernsehen sehen. Gott, was bin ich müde. Werde versuchen, wieder einzuschlafen.

Einige Abende später ging ich zu Daniel.

»Soso«, sagte Daniel und setzte sich mir gegenüber, »du willst etwas über Paul erzählen.«

»Ja. Allerdings möchte ich dich vorher etwas fragen.«

Er holte mit den Armen aus. »Natürlich. Schieß los.«

«Woher wusstest du, dass Petr nicht auf der Beerdigung war?«

Daniel sah mich verwundert an. »Was meinst du?«

»Na, als ich dich gefragt habe, ob die Person, in die Paul verliebt war, auf der Beerdigung gewesen sei, hast du gesagt, dass sie nicht dabei war. Woher wusstest du das?«

Daniel senkte den Blick; er strich sich mit der Hand über seinen Oberschenkel.

»Woher wusstest du das?«, wiederholte ich.

»Ja doch, ich werde es dir erzählen. Hetz mich nicht.« Er seufzte lang anhaltend. »Petr, oder Milenec, war aus dem einfachen Grund nicht auf der Beerdigung, weil er nicht konnte.« Er verstummte, hob seinen Kopf und blickte mich an. »Er war nämlich tot.«

»Aber woher wusstest du das?«

Er zuckte mit den Schultern. »Er war tot! Verstehst du, was ich sage?«

»Ja, doch, ich verstehe. Aber woher wusstest *du*, dass er tot war? Wer hat dir das erzählt?«

Er erblasste; er neigte den Kopf und verbarg sein Gesicht in den Händen.

»Hat Paul es dir erzählt?«

Daniel nickte.

»War er hier an dem Abend, bevor er starb?«

»Ja«, flüsterte Daniel.

»Aber warum hast du nichts gesagt? Warum hast du mir das nicht erzählt? Du hast doch gewusst, dass ich es wissen wollte. Du ...« Dann hörte ich ihn weinen. Ich verstummte überrascht und sah ihn an. Erst nach einer Weile brachte ich es über mich, zu ihm zu gehen. »Weine nicht, Daniel«, flüsterte ich und nahm seine Hand. »Weine nicht.«

Er zog seine Hand zurück und starrte mich an.

»Weine nicht? Was meinst du wohl?«, stieß er hervor. »Erst gräbst du die ganze schreckliche Geschichte wieder aus ... Du willst doch darüber reden. Obwohl es so traurig ist. Und dann sagst du mir, ich solle nicht weinen! Was soll ich denn sonst machen? Wenn ich mich traurig fühle. Wie sollte ich denn deiner Meinung nach reagieren? Hä?«

»Ich ... ich möchte nicht ... dass du traurig bist«, stammelte ich verwirrt.

Er schniefte. »Nicht traurig. Nicht weinen. Aber ich soll dir alle Details erzählen. Alle schrecklichen Details, die ich selbst am liebsten vergessen will.«

Er drückte seine Zigarette aus und zündete sofort die nächste an.

»Ich möchte es doch bloß wissen«, antwortete ich verunsichert. »Ich will wissen, was mit meinem Bruder geschah. Deshalb bitte ich dich, mir alles zu erzählen, Daniel. Ich ... ich *weiß*, dass das traurig ist ...«

Er seufzte, stand auf und ging zum Fenster. »Schon als du mit deiner ›Untersuchung‹ angefangen hast, habe ich dir gesagt, dass dir vielleicht nicht gefallen wird, was du erfährst«, fing er an. »Dass du vielleicht deine Meinung ändern würdest über uns ... über uns, die dabei waren ...«

»Du hast Angst, dass ich dich nicht mehr mögen würde?«, unterbrach ich ihn.

Er drehte sich um und sah mich an. »Vielleicht.«

»Aber ich verstehe nicht«, sagte ich. »Warum sollte ich? Ich kann ja wohl niemanden verurteilen. Ich möchte nur wissen, was passiert ist. Weshalb sollte ich dich nicht mehr leiden? Oder dich verurteilen? Es war doch kein Verbrechen. Oder? Dann kann man doch wohl niemanden verurteilen?«

Daniel lächelte. »Das sind doch nur Worte. Thesen. Du weißt doch nicht, wie du reagieren wirst.«

Ich zuckte mit den Schultern.

»Nun, vielleicht. Aber ...«

Daniel unterbrach mich. »Woher wusstest *du*, dass Petr vor Paul starb? Denn du hast es gewusst, bevor ich das erzählte, oder?«

»Ja, ich habe es gewusst. Ich habe nämlich Pauls letztes Tagebuch gefunden. Davon wollte ich dir erzählen.«

Er wirkte atemlos; langsam ließ er sich in den Sessel nieder. »Ach so. Dann hat Paul ... also direkt vor seinem Tod Tagebuch geschrieben«, murmelte er.

»Ja.«

»Erzähl«, bat er und warf mir einen kurzen Blick zu. »Erzähl, was er über den letzten Tag geschrieben hat.«

Ich erzählte so ausführlich ich konnte.

»War das alles?«

»Ja.«

»Wann hat er das geschrieben?«

»Am zwanzigsten«, sagte ich. »Am Tag, bevor er starb.«

»Das habe ich begriffen. Aber zu welcher Tageszeit?«

»Spät. Sehr spät. Er war eingeschlafen, aber wieder aufgewacht und hat angefangen zu schreiben.«

»Und er hat nichts über mich geschrieben?«

Ich schüttelte den Kopf.

»Bist du sicher?«

»Ja.«

Daniel seufzte. Er hielt die Hände gefaltet zwischen seinen Beinen. Ich konnte sehen, wie sich seine Augen mit Tränen füllten.

»Was ist?«, fragte ich. »Ich begreife nicht.«

»Nun, Jonas«, setzte er an. »Ich ... es ist eine Erleichterung.«

Er lächelte etwas wehmütig und trocknete sich Tränen. »Dann erzähl ich es eben. Weil du es so gern möchtest.

Schau, Paul kam am Tag, bevor er starb, hierher. Es war am späten Nachmittag. Ich weiß nicht, ob er zu Hause gewesen war oder direkt hierher radelte. Und ich … ich war nicht nüchtern, als er kam. Ich hatte gesoffen und hatte ziemlich einen in der Krone. Paul fiel durch die Tür. Er weinte und war völlig verstört. Bat mich, ihn in die Arme zu nehmen. Wir saßen hier auf dem Sofa. Und dann sagte er, dass Petr tot sei. Ich hielt ihn in den Armen, streichelte sein Haar und flüsterte tröstende Worte. ›Er ist tot! Er ist tot!‹, schluchzte Paul. ›Die ganzen Flammen … und jetzt ist er tot!‹ Und ich … hielt ihn in den Armen und versuchte, ihn zu trösten.«

Daniel verstummte und schloss die Augen.

Nach einer Weile fuhr er fort: »Ich sagte irgendwas in der Art ›Das wird schon wieder‹ oder etwas ähnlich Nichtssagendes. Weil, verstehst du, ich *glaubte* ihm nicht. Ich … ich glaubte, dass es zwischen ihnen aus wäre, dass sie sich gestritten hätten oder so. Und dass Paul abgehauen wäre. Hierher zu mir. Ich glaubte, er meinte, es wäre aus. Als er sagte, dass Petr tot sei, dachte ich, er meinte, dass … dass die Gefühle gestorben seien. ›Die ganzen Flammen‹, sagte er ja. Daran erinnere ich mich sehr gut. Aber auch, wenn ich das missverstanden hatte. Ich glaubte, dass …«

Er seufzte und sah mich an. »Verstehst du? Verstehst du, was ich meine? Ich glaubte, dass er übertrieb, dass die Trauer ihn übertreiben ließ, dass …«

»Erzähl weiter«, bat ich. »Was ist dann passiert?«

»Nun, ich war müde und betrunken und niedergeschlagen, schon bevor Paul kam, und ich … ich hatte keine Kraft, auch nur zu versuchen, ihn zu trösten. Nein, ich schaffte es einfach nicht. Dann nach einer Weile, einer halben Stunde oder so, bat ich ihn zu gehen.«

»Oh Gott!«, flüsterte ich. Aber ich glaube nicht, dass er mich hörte.

Daniel rieb sich die Augen. Dann warf er mir einen kurzen Blick zu.

»Hast du das gehört?« fragte er. »*Ich bat ihn zu gehen!* Begreifst du? Ich glaubte, es handelte sich um einen gewöhnlichen Streit oder so. Und ich bat ihn zu gehen. Und Paul ging. Zum letzten Mal.«

Ich war unfähig, etwas zu sagen. Ich saß einfach nur auf dem Sofa und sah Daniel an. Er lehnte sich in seinem Sessel zurück und schloss die Augen. Plötzlich fand ich, dass er alt aussah. Sein Gesicht wirkte verhärmt und müde. Dabei hatte gerade ich immer gefunden, dass er so jung wirkte, als würde er sich in irgendeiner Art Jungbrunnen befinden. Aber jetzt schien es, als würden ihn die Jahre schließlich doch noch einholen.

»Wann hast du es erfahren?«

Er zuckte zusammen und öffnete die Augen. »Was hast du gesagt?«

»Wann hast du erfahren, dass es stimmte? Dass Petr wirklich tot war?«

»Am Tag danach«, antwortete Daniel. Und dann lächelte er kurz. »Im doppelten Sinne. Ich bin nicht vor halb eins aufgewacht. Kümmerte mich nicht einmal um die Zeitung. Das tat ich erst ein paar Stunden später. Und gerade als ich anfangen wollte, sie durchzublättern, rief Sara an und erzählte mir, was geschehen war.

Ich ließ die Zeitung fallen. Und obwohl ich ihr angespannt zuhörte, konnte ich es nicht lassen, diese Schlagzeile zu lesen. Wieder und wieder. Ich kann sie noch immer vor mir sehen. Fürchterlich klar. GEWALTIGER BRAND IN SALTVIK FORDERT TODESOPFER. Ich begreife es immer noch nicht. Ich meine, ich war völlig schockiert über das, was Sara sagte – ich könnte es Wort für Wort wiederholen, genauso wie sie es sagte – trotzdem gelang es mir, mit meinem zugesoffenen Kopf auch diese Schlagzeile zu lesen. Wieder und wieder.«

»Zum Teufel, wie schrecklich!«, flüsterte ich.

Daniel starrte mich an.

»Was stand in dem Artikel?«, fragte ich nach einer Weile.

»In dem Artikel? Den habe ich nie gelesen. Es war nur diese Schlagzeile. Wieder und wieder.«

»Aber du hast trotzdem begriffen, dass es Petr …?«

Er nickte.

»Aber«, setzte ich an, »ich verstehe trotzdem nicht …«

»Wie ich so ein Scheißschwein sein konnte und ihn gebeten habe zu gehen?«, unterbrach mich Daniel aufgebracht.

Seine Stimme machte mir Angst.

»Nein!«, rief ich aus. Und mit einem Mal begriff ich alles. »Genau! Deshalb. Weil du ihn gebeten hattest zu gehen, glaubtest du, ich würde dich hassen.«

»Richtig«, antwortete er kurz.

»Ich verstehe, dass du dich deshalb schlecht fühlst«, begann ich langsam, »aber ich verstehe nicht, wie du glauben konntest, dass ich dich hassen würde. Du hast doch selbst gesagt, dass du niedergeschlagen und müde warst. Und betrunken. Und dass du geglaubt hast, Paul würde übertreiben. Dann hast du doch nichts falsch gemacht, oder? Es war doch ein Missverständnis!«

»Missverständnis?«, schnaubte Daniel. »Und was für ein Missverständnis! Ich habe nicht ein einziges Wort von dem begriffen, was er sagte, sondern deutete es als etwas ganz anderes und schickte ihn weg.«

Jetzt bekam ich richtig Angst. »Du hast ihn doch nicht *weggeschickt*. Da hast selbst gesagt, dass du ihn gebeten hast …«

»Gebeten oder weggeschickt, welche Rolle spielt das?«, unterbrach er mich. »Wenn ich ihm zugehört hätte, dann hätte er sich nicht …«

Er beendete den Satz nicht.

Meine Hände zitterten. Ich drückte sie fest gegen meine Schenkel, damit Daniel es nicht sehen konnte.

»Sich das Leben genommen, meinst du?«

Er nickte stumm. Und ich wagte es kaum, meine Frage auszusprechen.

»Glaubst du wirklich, dass Paul sich das Leben genommen hat?«

Daniel seufzte.

»Ich weiß es nicht«, murmelte er. »Ich weiß es nicht. Manchmal glaube ich das. Und dann fühle ich mich …«

»Schuldig«, schloss ich den Satz ab.

»Genau das. Aber manchmal, oder besser gesagt, meistens, glaube ich, dass es ein Unfall war. Er war ja immer so träumerisch. Man musste seinen Namen mehrmals wiederholen, bevor er antwortete.«

»Ich weiß.«

»Und irgendwo da, in meiner Abweisung Pauls am letzten Abend seines Lebens, liegt meine Schuld. *Dafür* klagt er mich in meinen Albträumen an; dass ich nicht zugehört habe, dass ich ihm nicht geholfen habe. Dass ich so … Dieser Scheißalkohol! Dass ich nicht begriffen habe, was er sagte. Wie konnte ich bloß so …«

»Jetzt übertreibst du aber«, unterbrach ich ihn. »Du hast doch *missverstanden*, was er sagte. Das kann man dir doch nicht zum Vorwurf machen? Und ich glaube nicht, dass Paul sich das Leben genommen hat. Nein, das glaube ich wirklich nicht.«

Daniel sah mich erstaunt an. »Was lässt dich glauben, dass es kein Selbstmord war?«

»Ich glaube es ganz einfach nicht. Er war traurig, klar. Er muss fürchterlich traurig gewesen sein. Aber er schreibt doch in seinem Tagebuch, dass er Mama und Papa von Petr erzählen möchte. Er will nur noch etwas abwarten. Sich sammeln nach all dem Schrecklichen, das geschehen war. Aber er wollte von Petr erzählen. Und im Übrigen, er schreibt ja auch über die Mondlandung. Er war ja ganz erfüllt von dem Gedanken, dass sie auf dem Mond landen würden. Das schreibt er in einem fort. Sogar am letzten Tag schreibt er über die Mondlandung. Ich glaube nicht, dass er das bewusst verpassen wollte.«

Daniel nickte. »Ja, das ist wohl wahr. Daran hatte ich nicht gedacht. Er hat tatsächlich ziemlich viel über diese Mondlandung geredet. Ja, daran habe ich nicht gedacht … Ich habe selbst diese Satellitenbilder im Fernsehen gesehen. Ich erinnere mich immer noch an den Kamerawinkel als Neil Armstrong, oder wer es nun war, die Leiter hinabstieg und die Mondoberfläche erreichte. Er …«

»Na, da hast du's doch«, unterbrach ich ihn. »*Du* warst doch dem Tod eines Freundes ebenso nahe wie Paul auf seinem Waldspaziergang.«

»Was meinst du?«

»Ich meine, dass man nicht einmal am ersten Tag nach dem Tod von jemandem völlig von Trauer erfüllt ist. Du konntest dir die Nachrichten ansehen, obwohl du geschockt und traurig warst über den Tod von Paul, und Paul konnte am Tag, nachdem sein Freund gestorben war, im Wald spazieren gehen. Das ist es, was ich meine; dass die Trauer nicht einmal während des ersten Tages konstant ist, sondern einen in Schüben erfasst, fast wie Wellen an einem Strand. Vielleicht ist es während der ersten Wellen etwas heftiger, aber dann bekommt man eine kleine Pause, bevor die nächste Welle an den Strand rollt. Und während dieser Pause kann man zum Beispiel fernsehen oder im Wald spazieren gehen. Man verhält sich wie immer während dieser Pausen. Verstehst du, was ich meine?«

»Ja, ich verstehe. Und es stimmt wohl, dass die Trauer manchmal geringer zu werden scheint. Aber es stimmt auch, dass die Trauer ihr eigenes Leben lebt, dass man die Trauer nähren kann, indem man daran denkt. Dass man mit seinen Gedanken in der Trauer verharren kann, sodass sie letztendlich konstant wird. Sie gewinnt vielleicht sogar die Oberhand, sodass man sich nicht aus ihr befreien *kann*. Verstehst du? Die Trauer eregreift Besitz von einem.«

»Sicher«, sagte ich. »Ich verstehe das. Aber ich glaube nicht, dass Paul von seiner Trauer besessen war. Sein Tagebuch zeigt ja, dass er auch an andere Dinge dachte. Er wollte von Petr erzählen. Nicht nur von Petrs Tod. Sondern von Petr als Person, als … als Geliebtem. Aber er schaffte es da noch nicht. Er glaubte wohl, dass es zu viel zu erklären gäbe. Und er schreibt ja auch, wie gesagt, über die Mondlandung. Ich glaube also nicht, dass er sich das Leben nahm. Und ich glaube absolut nicht, dass er dich wegen irgendetwas anklagt. Er kannte dich doch, Daniel. Darum kam er zu dir, um Trost zu finden. Und du hast versucht, ihn zu trösten. Das war ja auch das Einzige, was du tun konntest, oder nicht? Du hättest Petr ja sein Leben nicht wiedergeben können. Das Einzige, das du tun konntest, war, Paul zu trösten. Man kann ja am Geschehenen nichts verändern. So gern man auch möchte.«

»Ja«, sagte Daniel nach einer Weile. »Das ist wohl wahr. Und meistens sehe ich Pauls Tod auch als Unfall. Nur manchmal, wenn ich mich traurig und niedergeschlagen fühle, bilde ich mir ein, dass er sich vielleicht das Leben genommen hat.«

»Du sagst es selbst«, sagte ich. »Immer wenn du selbst traurig und niedergeschlagen bist, nährst du deine Trauer über Pauls Tod mit dem Gedanken, dass du vielleicht selbst etwas mit seinem Tod zu tun hattest. Und *dann* bekommt die Trauer ein eigenes Leben. Dann ist die Trauer stärker als du.«

»Ja«, murmelte Daniel.

Wir schwiegen lange. Ich konnte sehen, dass er immer noch traurig war, aber irgendwie schien es, als wäre ich in sein Inneres vorgedrungen, als säße seine Traurigkeit nicht mehr so tief. Aber ich wusste nicht mehr, was ich noch sagen könnte. Es schien, als hätte ich alles in meiner Macht Stehende getan; ich hatte meine eigenen Gedanken und Überlegungen mit Zitaten von Mama und

Papa gemischt. Meine gesamte Kindheit über habe ich ihre Gespräche über Paul gehört, über die Trauer nach seinem Tod. Vielleicht bin ich sogar die Frucht eines frühen Stadiums in der Trauerarbeit meiner Eltern. Und jetzt hatte ich zumindest versucht, Daniel bei seiner Trauer zu helfen.

»Du, ich glaube, ich gehe jetzt schnell nach Hause.«

»Natürlich«, sagte Daniel und schaute auf. »Es wird schon spät.«

Er erhob sich und ging zum Fenster. Er drehte sich um und sagte: »Es tut mir leid, wenn ich dich erschreckt habe. Aber ich bin so aufgewühlt. Ich mag dich. Ich möchte, dass du das weißt. Aber ich finde, wir sollten aufhören, so viel über Paul und Petr zu reden. Das macht nur traurig. Ich meine nicht, das wir sie komplett aus unserer Unterhaltung streichen sollten, aber wir sollten uns nicht zu sehr in all das Traurige, das in *ihrem* Leben passierte, vertiefen.«

»Aber es ist doch nicht alles traurig, was Paul widerfahren ist«, sagte ich. Das einzig Traurige, ich meine richtig Traurige, das Paul widerfahren ist, war ja Petrs Tod. Alles andere Traurige passierte ja nicht in Pauls Leben. Sondern in deinem und Mamas und Papas Leben. Ihr wurdet doch von dieser Trauer erfasst. Paul war doch schon tot. Es war doch gerade das, was eure Trauer hervorgerufen hat. Und wenn wir uns darüber unterhalten, was mit Paul geschehen ist, dann sprechen wir doch auch von eurer Trauer. Und dann wird diese Trauer doch aufgearbeitet. Deshalb finde ich, sollten wir über Paul reden.«

»Vielleicht hast du recht, Jonas.«

SIEBZEHN

Der Frühling kam. Und der Sommer kam. Ich habe angefangen, über dich zu schreiben, Paul. Über dich und Petr. Allerdings war das um einiges schwieriger, als ich geglaubt hatte. Häufig strich ich ganze Seiten; es wurde nicht wirklich das, was ich mir vorgestellt hatte. Oder besser gesagt, was ich *glaubte*, dass es gewesen wäre. Die ganze Zeit ging ich von deinem Tagebuch aus und dem, was meine Eltern und Daniel erzählt hatten. Aber meine romantisierende Erzählung von dir wurde entweder zu dramatisch oder rührselig bis weinerlich. Also strich ich. Und schrieb um. Ich war auf irgendeine Weise besessen davon, über dich zu schreiben, Paul, wie es wirklich war. Abends – nachdem ich zu Bett gegangen war – dachte ich intensiv an dich und hoffte, dass meine Gedanken dich dazu bringen würden, dich in meinen Träumen zu offenbaren. Aber ich träumte nicht von dir.

Ich schrieb gerade über die Walpurgisnacht, die Paul und Petr gemeinsam feiern wollten, als es an meiner Tür klopfte. Ich legte meine Papiere und das Tagebuch in die Schreibtischschublade, bevor ich antwortete.

Es war Mama.

»Hallo. Was machst du?«

»Ein bisschen schreiben«, antwortete ich.

»Aha. Ich wollte nur fragen, ob du morgen ins Schwimmbad radeln möchtest.«

»Ich weiß nicht. Ich denke schon. Wieso?«

»Nun, es ist doch der einundzwanzigste«, antwortete Mama. »Stefan und ich wollten zum Friedhof fahren und neue Blumen auf Pauls Grab legen. Ich dachte, vielleicht willst du ja mitkommen.«

»Ja, das könnte ich«, antwortete ich. »Ich meine, ich komme gerne mit. Wann wollt ihr fahren?«

»Ich weiß nicht. Wir müssen uns ja nicht an irgendwelche Zeiten halten. Wolltest du ins Schwimmbad?«

Ich nickte.

»Wir können unsere Badesachen mitnehmen und dann gemeinsam zum Schwimmbad fahren. Nachdem wir auf dem Friedhof waren. Das wäre doch schön? Wir haben schon so lange nichts mehr gemeinsam unternommen. Wir drei.«

»Klar. Das können wir machen«, antwortete ich.

Der Grabstein war fast quadratisch; klein und schwarz. Fast unansehnlich.

PAUL LUNDBERG
15 Jahre
*
DÖDERHULT

Kein Geburtsjahr. Kein Todesjahr. Aber es war das Grab meines Bruders.

»Aber hier steht ja schon ein Strauß Blumen!«, rief Mama verwundert aus. »Irgendjemand muss sie heute hierher gestellt haben. Das Wasser geht ja fast bis zum Rand.«

»Vielleicht war es Großmutter«, sagte Papa und hockte sich vor den Stein. »Oder deine Eltern.«

»Nein, das glaube ich nicht. Wenn jemand von ihnen hierher gekommen wäre, hätten sie es uns doch erzählt. Meinst du nicht?«

»Vielleicht war es Daniel«, schlug ich vor.

»Ja, kann schon sein.«

Papa pflanzte die Blumen ein, die Mama gekauft hatte, stand auf und bürstete die Erde von seinen Händen.

»Stell dir vor, achtzehn Jahre ist er schon tot«, murmelte Mama. »Es wirkt noch so nahe. Als wäre es erst vor Kurzem passiert. Findest du nicht, Stefan?«

Wir lagen draußen auf der Klippe und sonnten uns.

»Puh, ich halte es nicht mehr aus«, sagte Mama und stand auf. »Es ist viel zu warm. Ich muss wieder ins Wasser. Kommt jemand mit?«

»Ich warte noch«, sagte Papa.

»Ich auch.«

Ich schloss die Augen und lauschte den Geräuschen um mich herum: Kinder, die lachten oder schrien, Radios, die irgendwelche Sommersendungen plärrten. Entfernt hörte ich einen aufheulenden Bootsmotor. Und ich dachte an den letzten gemeinsamen Tag von Paul und Petr.

»Du?«, fing ich an.

»Ja?«

»Weißt du, ob hier in der Stadt irgendeine tschechische Familie wohnt?«

Papa öffnete kurz die Augen.

»Eine tschechische Familie. Ja, sicher. Die, die immer im Saga-Kino arbeitet, kommt aus der Tschechoslowakei. Wie heißt sie noch? Ludmilla, glaube ich. Sie ist mit einem Schulkameraden von mir verheiratet.«

»Nun, ich meine irgendeine tschechische *Familie*«, sagte ich.

Er dachte einen Moment nach.

»Nun, niemand, den ich kenne auf jeden Fall. Nicht mehr.«

»Was meinst du?«

»Vor ziemlich vielen Jahren hat unten im Hafen ein tschechischer Mann gearbeitet. Adam hieß er. Er und seine Familie kamen aus der Tschechoslowakei. Aus Prag, glaube ich.«

»Wie hieß er weiter, dieser Adam?«

»Daran kann ich mich nicht erinnern. Er hatte einen ziemlich komplizierten Namen. Sha … Sho … Shoře … Ja, genau. Shořelý hieß er. Allerdings ist das falsch ausgesprochen. Ich habe nie gelernt, seinen Namen richtig auszusprechen. Er wurde meistens Adam gerufen. Aber Shořelý war's. Adam Shořelý.«

Mama kam zurück. Sie setzte sich neben Papa und begann, ihre Haare abzutrocknen.

»Worüber sprecht ihr?«, wollte sie wissen.

»Adam Shořelý«, antwortete Papa. »Kannst du dich an ihn erinnern?«

»Na, nicht richtig. Aber mir kommt der Name bekannt vor.«

Papa setzte sich auf. »Aber du kannst dich doch an ihn erinnern?«, fing er an. »Ein ganz umgänglicher Kerl. Der immer eine Schirmmütze getragen hat.« Dann änderte er seinen Tonfall. »Es war doch sein Haus, das abgebrannt war, draußen in Saltvik. Erinnerst du dich nicht? Dabei kam doch eine Person ums Leben. Aber er, Adam, schaffte es. Erinnerst du dich nicht? Er arbeitete unten im Hafen. Aber nach dem Brand sind sie nach Kalmar gezogen.«

»Ja«, antwortete Mama zögernd, »ich glaube, ich erinnere mich.«

Ich hatte begonnen zu frieren. *P.S.* So hatte Petr seine Briefe beendet. Und ich hatte mich die ganze Zeit gefragt, warum er nie irgendein Postskriptum schrieb.

»Wann ist das passiert?«, fragte ich und versuchte, belanglos zu klingen.

Papa dachte nach.

»Na, das ist schon lange her. Das muss vor deiner Geburt gewesen sein.«

Er drehte sich zu Mama. »Ich glaube, das war 1969.«

Ich setzte mich auf und legte mir das Handtuch um die Schultern.

»Das gleiche Jahr, in dem Paul starb?« Ich flüsterte fast.

»Ja, stimmt.«

»Kanntest du ihn?«

»Adam? Nein, das kann ich nicht gerade behaupten. Wir grüßten einander für gewöhnlich unten im Hafen. Aber wir haben nie zusammen gearbeitet, so …«

Es dauerte eine Weile, bevor ich es wagte fortzufahren. »Du hast gesagt, sein Haus brannte ab.«

»Ja.«

»War das … geschah das im Sommer? Gleichzeitig als Paul starb?«

»Ja, das sagte ich.«

»Erzähl mehr.«

Er schaute mich erstaunt an. »Nun, da gibt es nicht viel zu erzählen. Ich erinnere mich nicht, warum es anfing zu brennen. Aber sie waren auf jeden Fall zu Hause, als es passierte. Oder … nein, Adam war wohl nicht dort. Er kam später. Der Brand muss explosionsartig gewesen sein, nehme ich an. Sie schaffte es nicht heraus.«

Ich konnte Mamas Blicke spüren, aber ich traute mich nicht, mich umzudrehen und ihrem Blick zu begegnen.

»Weiter«, bat ich.

»Die Bude stand komplett in Flammen, als die Feuerwehr kam. Das Einzige, was sie tun konnten, war zu verhindern, dass der Brand sich ausbreitete. Das Haus war nicht zu retten.«

»Und wann fanden sie ihn?«, fragte ich gespannt.

Jetzt fand ich, dass sowohl Mama und Papa mich anstarrten.

»Wen?«

Ich warf einen kurzen Blick auf Mama; ihr Blick wirkte beinahe erschreckt.

»Ihn ... den, der ums Leben kam«, stammelte ich.

»Du hörst mir gar nicht zu«, sagte Papa gereizt. »Es war *nicht* Adam, der starb. Es war seine Frau.«

»Aber der Sohn?«, murrte ich. «Er starb doch auch.«

»Nein, er kam durch. Er hatte Verbrennungen ...«

»Nein, also! Jetzt ist aber wirklich Schluss mit diesem makabren Gespräch«, unterbrach Mama. »Das ist doch ... makaber, hier zu sitzen und über Details eines Unglücks zu sprechen, das vor Ewigkeiten geschah.« Sie starrte mich an. »Was treibst du eigentlich, Jonas? Warum interessierst du dich für diese Familie? Du weißt doch gar nichts von ihnen. Du kennst sie doch nicht mal. Das ist lange vor deiner Geburt passiert.«

»Und du«, setzte sie an Papa gewandt fort, »was denkst du dir dabei, all diese schrecklichen Details zu erzählen? Warum ...?«

Ich spürte die Tränen aufsteigen.

»Entschuldige«, murmelte ich und stand schnell auf.

Das Wasser fühlte sich eiskalt an, als ich untertauchte.

ACHTZEHN

Es klopfte an meiner Tür.

»Ja?«

«Ich bin es nur«, sagte Mama und trat ein.

Ich lag noch im Bett mit den Armen um das Kissen.

»Das Essen ist gleich fertig«, sagte sie. »Bist du hungrig?«

»Geht so.«

Dann schwiegen wir.

»Was treibst du, Jonas?«, fragte sie nach einer Weile.

Ich verbarg das Gesicht tiefer im Kissen.

»Du? Du kannst es mir doch erzählen?«

Ich spürte, wie mir die Tränen in die Augen stiegen.

Mama ergriff meine Hand und streichelte mein Haar.

»Na, na«, flüsterte sie. »Erzähl es mir, dann wird es leichter sein. Glaubst du nicht?« Sie beugte sich tiefer und flüsterte mir ins Ohr. »Nun, dieses Kopfkissen kann zwar Kochwäsche ertragen, aber sicherlich nicht unendlich viele salzige Tränen.«

»Mach dich nicht lustig darüber! Da gibt es nichts zu scherzen. Es ist ernst.«

»Entschuldige! Ich wollte nicht … Du, Jonas, ich verstehe, dass es ernst ist. Sonst würdest du ja auch nicht so reagieren. Aber wenn du mir nichts erzählst, kann ich dir auch nicht helfen. Wenn ich dir denn helfen könnte. Oder?«

Ich wollte ihr gern alles erzählen, aber ich fühlte mich nicht dazu imstande. Und ich wollte eigentlich nicht lügen.

»Ich habe … in letzter Zeit so viel Schreckliches geträumt. Albträume.«

Sie streichelte immer noch meine Hand.

»Ich weiß nicht … einige Träume waren fast real«, setzte ich fort. »Fast wie Echtträume, falls du verstehst. Und, dann und wann, habe ich Dinge erfahren, die geschehen sind. *Wirkliche* Dinge. Was also tatsächlich passiert ist. Und es sind gerade diese Sachen, von denen ich geträumt habe. Schreckliche Träume.«

Mama nickte schweigend.

»Und obwohl es um Menschen geht, die ich nicht kenne, ist es, als ob ich sie wirklich kenne. Oder sie gekannt habe. Denn einige von ihnen sind tot.«

»Meinst du damit, du hast von der tschechischen Familie geträumt?«

»Ja.«

»Und du hast geträumt, dass ihr Haus niedergebrannt ist und jemand dabei starb?«

Ich nickte.

»Ja, obwohl … der Traum unterscheidet sich etwas von dem, das Papa erzählt hat«, flüsterte ich.

Mama schwieg eine Weile, den Blick zum Fenster gerichtet. Dann drehte sie sich zu mir; eine Locke fiel ihr in die Stirn. Sie hatte Tränen in den Augen. »Ach, Jonas«, sagte sie. »Ich weiß, dass Träume … dass Albträume manchmal fürchterlich sein können. Unabhängig davon, ob es Echtträume sind oder nicht. Unabhängig davon, ob etwas wirklich geschehen ist oder nur verwirrte Gedanken in unseren schlafenden Ichs sind …«

»Du schläfst vielleicht zu wenig«, sagte sie weiter. »Du liest ja immer bis spät in die Nacht. Und wenn man nicht ausreichend Schlaf bekommt, wird man empfänglicher für alles, was um einen herum geschieht. Alles, was man träumt. Vielleicht wäre es besser, wenn du früher schlafen gehst.«

»Ja, vielleicht.«

»Du musst schon entschuldigen, dass ich so reagiert habe«, sagte sie und hielt meine Hand umschlungen. »Aber ich hatte das Gefühl, verrückt zu werden, als ich euch hörte, wie ihr all die Einzelheiten dieses schrecklichen Brandes ausgebreitet habt.«

»Du brauchst dich nicht entschuldigen. Ich bin auch beinahe verrückt geworden.«

Und dann lächelten wir einander an.

»Erinnerst du dich an diese Familie?«

»Ja, ich habe im Auto an sie gedacht. Ich kann mich an sie erinnern. Ich habe die Frau einmal im Krankenhaus gesehen. Sie hatte sich verlaufen, glaube ich, und ich half ihr. Und der Mann, Adam, an den erinnere ich mich auch, allerdings nur vage.«

»Und an den Sohn? Erinnerst du dich an ihn?«

Sie schüttelte den Kopf. »Nein, ich glaube, ich bin ihm nie begegnet. Ich erinnere mich nur, dass etwas über ihn in der Zeitung gestanden hat. Er hatte ziemlich schwere Verbrennungen und lag bewusstlos im Krankenhaus. Ich erinnere mich, dass ich mich fragte, ob er vom Tod seiner Mutter etwas wusste.«

Ich sah sie verwundert an. »Wann hast du das gelesen?«

»Es stand am Tag nach dem Brand in der Zeitung«, antwortete sie flüsternd. »Am selben Tag, als Paul starb.«

»Und du erinnerst dich daran? Obwohl es derselbe Tag war, als Paul starb, kannst du dich an einen Zeitungsartikel erinnern, der von einer anderen Familie handelte? Von einem anderen Jungen?«

»Ja, vielleicht gerade deswegen. Ich glaube, ich erinnere mich an alles, was an jenem Tag passierte.«

»Erinnerst du dich ...«

»Woran?«

»Erinnerst du dich noch daran, wie dieser Junge hieß? Der andere Junge?«

Sie überlegte einen Moment. »Nun, er hieß Peter. Nein, warte. Petr! Genau. Petr.« Plötzlich erstarrte sie.

Ich musste mich stark zusammenreißen, um nicht wieder loszuweinen.

»Was ist los?«, fragte ich und schluckte.

»Ich habe gerade an etwas gedacht«, murmelte sie. »Ich glaube, dass Paul einen tschechischen Jungen kannte, der Petr hieß. Ja, er hieß Petr. Und plötzlich wurde mir bewusst, dass es vielleicht derselbe Junge war … Verstehst du? Stell dir vor, wenn es derselbe Junge gewesen ist. Dessen Mama da drin verbrannt war und den Paul gekannt hatte.«

Ich schluckte wieder. »Das ist wohl kaum anzunehmen«, sagte ich. »Petr ist sicherlich ein ganz gewöhnlicher Name, meinst du nicht? Genau wie Peter bei uns.«

Mama nickte. »Natürlich. Ganz richtig. Und im Übrigen, es spielt ja auch keine Rolle, oder?«

»Nein. Es spielt überhaupt keine Rolle«, antwortete ich. »Zumindest im Moment nicht.«

NEUNZEHN

Ein Messingschild mit der Aufschrift »Redaktion« sagte mir, dass ich richtig war.

Ich klopfte.

»Herein!«

Eine Frau stand mit dem Rücken zu mir, als ich die Tür öffnete. Sie drehte sich um und lächelte. »Hallo! Was kann ich für dich tun?«

»Ich würde gern in eine alte Zeitung schauen«, antwortete ich.

»Ah ja. Wie alt denn? Von welchem Datum, meine ich?«

»Vom 21. Juli 1969.«

Sie lachte leise.

»Oh. Das ist schon etwas her. Da warst du wohl kaum geplant«, sagte sie lächelnd.

»Nein«, antwortete ich. »Nicht wirklich.«

»Na. Selbstverständlich kannst du reinschauen. Warte ein wenig. Ich muss den Schlüssel zum Archiv holen.«

Sie zog ein riesiges gebundenes Buch aus einem der vielen Regale hervor.

»So, hier ist es«, sagte sie und wies auf das Etikett. »Der Band mit den Ausgaben vom Juli 1969. Ich leg ihn hier auf den Tisch, dann kannst du selbst suchen. Ist das in Ordnung?«

»Natürlich.«

Sie zeigte auf das andere Ende des Raumes.

»Ich werde einige Artikel kopieren«, sagte sie. »Ich bin dort drüben zugange. Sag mir, wenn du fertig bist oder Hilfe brauchst.«

Es stand eine Menge über die geglückte Mondlandung in den Zeitungen, aber ich überblätterte alle schwarzweißen Satellitenbilder. Dann, auf Seite vier, fand ich die Schlagzeile, die Daniel wieder und wieder gelesen hatte: GEWALTIGER BRAND IN SALTVIK FORDERT TODESOPFER.

Ich erzitterte und schielte zur anderen Seite des Raumes; hinter einer schmutzigen Glasscheibe konnte ich die Frauengestalt erkennen. Ich fing an zu lesen:

Ein gewaltiger Brand zerstörte gestern Nachmittag eine Villa in Saltvik. Eine Frau um die fünfzig starb, während ihr 16-jähriger Sohn mit Verbrennungen davonkam. Der Vater befand sich nicht im Haus, als der Brand ausbrach. Feuerwehr und Krankenwagen waren schnell vor Ort, und trotz der starken Rauchentwicklung gelang es ihnen, in die lichterloh brennende Villa vorzudringen. Die Frau war bereits tot, als man sie fand, während der16-jährige Sohn noch Lebenszeichen aufwies. Der Junge wurde ins Krankenhaus nach Västervik überführt, wo man bald feststellte, dass die Verletzungen nicht lebensbedrohlich waren. Der gewaltige Brand drohte, zeitweilig auf die benachbarten Gebäude überzuspringen. Erst gegen 22 Uhr gelang es der Feuerwehr, den Brand zu löschen. Das Gebäude wurde völlig zerstört. Die Brandursache war zunächst unklar. Möglicherweise rührte sie von einem Kurzschluss. Der Vater erlitt einen schweren Schock. Auch er befindet sich im Krankenhaus.

Verwirrt und getroffen blätterte ich weiter. Ich hoffte, Petrs Nachnamen gedruckt zu finden; ich wusste weder, wie man ihn aussprach, noch wie man ihn schrieb. Vielleicht würde ich eine Todesanzeige finden, wenn ich weiterblätterte.

Doch meine Augen blieben an etwas anderem hängen.

JUNGE BEI ZUGUNGLÜCK UMGEKOMMEN

»Mein Gott!«, flüsterte ich. So weit hatte ich gar nicht gedacht. Ich hatte nicht erwartet, auch eine Nachricht über Pauls Tod zu finden. Über den Tod meines Bruders.

Ein 15-jähriger Junge aus Döderhult starb am Montagnachmittag, nachdem er von einem Schienenbus überfahren worden war. Das Unglück ereignete sich direkt hinter einer Kurve etwa 5 Kilometer westlich von Oskarshamn. Der Junge hatte die Signale des Lokomotivführers nicht bemerkt, der es nicht mehr schaffte zu bremsen. Der Junge war nach Aussagen der Polizei auf einem Waldspaziergang, als sich das Unglück ereignete. Er habe die Gegend gut gekannt und gewusst, dass die Bahn in Betrieb war. Der Tod sei unmittelbar eingetreten.

Das war alles. Eine kurze Notiz über den Tod meines Bruders.

»Mein Gott!«, flüsterte ich noch einmal. Petr und Paul – Milenec und Princi – waren lediglich ein »16-jähriger Sohn« beziehungsweise ein »15-jähriger Junge«. Es gibt so viele Arten, die Wirklichkeit wiederzugeben. Ein Mensch, der gelebt hat, geliebt, geweint und gelacht; ein Mensch, der gelebt hat und gestorben ist; ein ganzes Leben kann mit einem Mal auf einige wenige Zeilen in einer Zeitung reduziert werden, die schnell ihre Aktualität verliert, vergilbt und weggeworfen wird. Oder in einem staubigen und dunklen Archiv verschwindet.

Ich konnte meinen Bruder und seinen Freund in den kurz gefassten Artikeln nicht wiedererkennen.

»Hast du gefunden, wonach du gesucht hast?«

Ich drehte mich hastig um.

»Entschuldige«, sagte die Frau. »Ich habe dich sicherlich erschreckt. Entschuldige.«

Ich murmelte irgendetwas.

»Und?«, wiederholte sie. »Hast du gefunden, wonach du gesucht hast?«

Ich nickte. Sie nahm ihre Brille ab und sah mich an; ihre Augen hatten eine sonderbar blaue Nuance.

»Darf ich fragen, wonach du gesucht hast?«, wollte sie wissen.

»Ja … natürlich«, antwortete ich und zeigte auf den Artikel.

Sie setzte ihre Brille auf und las die Notiz langsam durch.

»Soso«, sagte sie. »Aber, wieso hast du gerade diesen Artikel gesucht? Da warst doch nicht einmal geboren, als das passierte.«

»Das war mein Bruder«, erklärte ich. »Er starb in dem Jahr, bevor ich geboren wurde. Siebzehn Monate vor meiner Geburt.«

»Ach so«, sagte sie mit warmer Stimme. »Das tut mir leid. Du hast ihn niemals kennengelernt.«

Ich schüttelte den Kopf.

»Wie hieß er?«

»Er hieß Paul. Paul Lundberg.«

»Natürlich«, murmelte sie. »Das hätte ich sehen müssen. Du bist also der Sohn von Sara Lundberg? Das hätte ich sehen müssen. Du ähnelst ihr.«

»Kennst du meine Mama?«

»Ja, ich habe sie zumindest in meiner Jugend gekannt. Wir gingen in dieselbe Schule, Sara und ich. Allerdings ist es schon lange her, dass wir einander begegnet sind. Aber ich erinnere mich, dass es mir leid tat wegen Sara, als ich die Todesanzeige las. Von deinem Bruder also. Es muss entsetzlich für sie gewesen sein. Und für deinen Papa natürlich auch. Ich war so froh, als ich hörte, dass sie dann wieder einen Sohn bekamen. Und jetzt stehst du hier vor mir. Der andere Sohn.«

»Ja.«

»Ich heiße Agneta. Agneta Carlsson. Du musst deine Mutter von mir grüßen.«

»Das werde ich«, sagte ich. »Übrigens, Pauls … Todesanzeige, wann stand sie in der Zeitung?«

Sie beugte sich über die eingebundenen Tageszeitungen.

»Mal sehen«, murmelte sie und blätterte schnell in den spröden Seiten. »Es dürfte ja nicht so schwer zu finden sein. Mal sehen … Nein, offensichtlich ist sie hier nicht drin.«

Sie schlug das Buch zu und hob den nächsten Band aus dem Regal. Einen Moment suchte sie, dann stoppte sie und zeigte mit ihrem beringten Finger.

Ich stellte mich näher heran und lehnte mich über die aufgeschlagenen Seiten. Dann las ich die Todesanzeige meines Bruders.

Und hinter deinem Namen – *ein Stern und ein Kreuz* – und hinter dem Namen von deinen und meinen Eltern – *Sara und Stefan* – und hinter einer namenlosen Schar von Menschen, die dich kannten – *Verwandte und Freunde* –, hatte jemand eine Zeile aus einem Gedicht gewählt, ein Versuch dir und uns allen zu erklären, warum du uns so schnell genommen wurdest.

»Die Ewigkeit liebt alles, was die Zeit hervorbringt.«

Ich las die Worte ein weiteres Mal.

»Die Ewigkeit liebt alles, was die Zeit hervorbringt.«

Ich ließ die Worte wirken und mochte sie, sie passten in mein Bild von dem, was geschehen war. Es war die einzige Erklärung, die passte. Alle anderen Erklärungen brachten nur neue Gedanken und weitere Fragen. Diese Erklärung schien irgendwie völlig richtig. Zufriedenstellend.

»Die Ewigkeit liebt alles, was die Zeit hervorbringt.«

Die Frau neben mir berührte mich vorsichtig am Arm.

»William Blake«, sagte sie.

»Wie bitte?«

Sie streichelte meinen Arm.

»William Blake hat diese Zeile geschrieben. Ich erkenne sie wieder. Ein Junge in meiner Klasse versuchte, uns dazu zu bringen,

Blake zu lesen. Niemand ist wirklich auf diesen Vorschlag eingegangen, aber an diese Zeile kann mich noch erinnern. Sie ist schön.«

»Das ist sie.«

Meine Augen wanderten wieder zurück zu der Zeitungsseite. Und mit einem Mal wusste ich, wie der Nachname von Petr geschrieben wurde.

Unsere geliebte
Daniela Shořelá
⋆ 28/4 1924 † 20/7 1969
Adam & Petr Shořelý
Tvůj anděl je s tebou

»Agneta!«, rief Mama aus, als ich ihr von meinem Besuch in der Redaktion erzählte. »Das ist ja lustig. Es ist wirklich lange her, dass ich sie das letzte Mal gesehen habe.«

»Ich habe Pauls Todesanzeige gelesen«, erzählte ich weiter.

»Ach so?«, antwortete Mama langsam. »Aber die hast du doch schon früher gelesen?«

Ich schüttelte den Kopf.

»Also nicht. Wir haben irgendwo einen Ausschnitt. Ich glaube, er liegt in einer der Schreibtischschubladen in unserem Schlafzimmer. Zusammen mit einer kurzen Nachricht über ... über das Unglück.«

»Ja, die Nachricht habe ich auch gesehen«, sagte ich. »Sie war so bemerkenswert kurz. Ich habe sie nicht gesucht, aber als ich sie sah und las, fand ich sie so winzig. Das war ja nichts. Aber ich mochte die Gedichtzeile.«

»Welche?«

»Die in der Anzeige gestanden hat. ›Die Ewigkeit liebt alles, was die Zeit hervorbringt.‹ Agneta sagte, sie sei von William Blake.«

»Ja, das stimmt. Soso, sie hat sie wiedererkannt?«

»Ja«, antwortete ich, und erzählte, was Agneta gesagt hatte.

Mama lächelte.

»Ich kann mich auch an diese Zeile erinnern«, sagte sie. »Sie hat mich fast verfolgt. So ein Satz, der dann und wann im Kopf auftaucht, wie irgendein unfreiwilliges Motto. Wie ein Zauberspruch.«

»Hast du diesen Jungen getroffen?«

»Welchen Jungen?«

»Der in Agnetas Klasse ging. Der Blake las.«

Mama lachte. »Ja, das kann man getrost behaupten.«

»Was ist daran so komisch?«

Mama strich mir über die Wange. »Du hast ihn auch getroffen, Jonas. Es war nämlich Daniel.«

»Du, Jonas«, flüsterte Mama nach einer langen Weile. »Ich habe das Gefühl, dass du immer noch mit diesem … *Kreuzworträtsellösen* zugange bist. Ist das richtig? Womit du dich schon vor ein paar Jahren beschäftigt hast, als du angefangen hast, mich auszufragen, mich und Daniel. Du hast geglaubt, dass wir dir helfen könnten.«

Ich nickte.

»Ich finde, du solltest damit aufhören. Es scheint eine Belastung für dich zu sein. Und Kreuzworträtsel sollten unterhaltsam sein. Wenn du damit aufhörst, wirst du nachts sicherlich auch besser schlafen. Und die schlimmen Albträume sind dann vielleicht auch vorbei.«

»Ja, vielleicht«, antwortete ich und lächelte. »Aber ich habe noch ein Wort zu lösen. Dann ist das Kreuzworträtsel gelöst. Und dann hören alle meine Albträume auf.«

»Glaubst du wirklich?«

»Ja, das tue ich.«

»Gut.«

ZWANZIG

An diesem Abend schrieb ich an Petr Shořelý. Nach meinem Besuch in der Zeitungsredaktion war ich zum Postamt gefahren. Ich weiß nicht, wie viele Telefonbücher ich gewälzt hatte, bevor ich seinen Namen fand. Und als ihn endlich gefunden hatte, war es ausgerechnet in dem Teil, der den Landkreis umfasste, in dem ich selbst wohnte. »Shorely, Petr«, konnte ich lesen. Keine diakritischen Zeichen. Kein Titel. Aber eine Postadresse in einer Gemeinde ein paar Kilometer südlich der Stadt. Ich fühlte mich überglücklich, dass ich ihn gefunden hatte, und beschloss, ihm umgehend zu schreiben.

Ich erzählte, wer ich war und warum ich Kontakt zu ihm aufnahm. »Ich möchte dich gern treffen. Bald. Möglichst, bevor die Schule wieder anfängt. Es gibt so vieles, das ich dich fragen möchte. Und ich habe einige Sachen, die ich dir gern zeigen würde. Bitte antworte bald.«

Erst als ich das Kuvert zugeklebt und frankiert hatte, begann ich zu zögern.

»Willst du jetzt noch mal raus?« fragte Papa erstaunt. »Es ist schon fast zwölf.«

»Ich weiß«, sagte ich. »Ich will nur einen Brief einwerfen.«

»Er wird deshalb nicht schneller ankommen«, sagte er. »Sie leeren die Briefkästen nicht vor morgen Nachmittag.«

»Ja, ich weiß. Aber ich *muss* ihn heute Abend einwerfen.«

In dieser Nacht träumte ich wieder von meinem Bruder.

Er saß auf der Bettkante. Er beugte sich über mich und flüsterte meinen Namen.

»Ja?«

»Komm mit«, sagte Paul. »Es ist völlig sternenklar heute Nacht.«

Er nahm meine Hand und führte mich in die Nacht hinaus. Die Sterne funkelten stärker als jemals zuvor; sie schienen direkt über den Dächern und den Baumkronen zu schweben.

»Siehst du, Jonas?«, fragte Paul und zeigte ausladend in Richtung Himmel.

»Ja«, antwortete ich. »Jetzt sehe ich.«

»Weißt du, was du siehst?«

Ich schüttelte den Kopf.

»Das ist das Feuerwerk der Ewigkeit«, begann Paul. »Ein ewiges Feuerwerk, das immerzu verzaubert. Ein Feuerwerk, das immer über unseren Köpfen stattfindet, auch wenn wir es nicht sehen. Es ist das Feuerwerk der Ewigkeit.«

»Aber was ist dann die Ewigkeit?«, wollte ich wissen.

Paul antwortete nicht. Er lächelte.

»Ist sie ein Wesen?«, fuhr ich fort zu fragen. »Oder eine Kraft? Oder ist sie vielleicht ein Gott?«

Er schüttelte den Kopf.

»Nein, die Ewigkeit ist kein Wesen. Und auch kein Gott. Möglicherweise eine Kraft. Die Ewigkeit, das sind unsere Gedanken und Wünsche.«

»Aber weshalb war die Ewigkeit in dich verliebt?«

»Die Ewigkeit liebt alles, das in der Zeit gefangen ist. Auch in dir, Jonas. Die Ewigkeit sieht dich. Sieht deine Augen. Aber deine Augen sind in der Zeit gefangen. Die Ewigkeit kennt keine Zeit, die Ewigkeit bewegt sich jenseits aller Zeit und kann deshalb nicht durch deine Augen sehen. Deswegen liebt die Ewigkeit dich und alle, die die Zeit erleben.«

»Aber dann müsste ich doch auch bei dir sein?«

»Eines Tages kommst du hierher. Aber das dauert. Das eilt nicht. Die Ewigkeit kennt keine Eile. Das liegt in ihrer Natur.«

»Aber wenn die Ewigkeit keine Eile kennt, warum bist du so früh gestorben?«

Paul zuckte mit den Schultern. Und lächelte. »Nun, das passierte halt«, antwortete er. »Ich stand dort und dachte an die Ewigkeit und an die Sterne und an das Verliebtsein und dann …«

»Und Petr?«

Paul strich mir über die Wange. »Petr«, flüsterte er. »Můj bratře.«

EINUNDZWANZIG

Die Sommerferien waren vorüber, und das Herbstsemester begann, ohne dass ich etwas von Petr hörte. Eine Zeit lang dachte ich darüber nach, ihm einen weiteren Brief zu schicken, aber daraus wurde dann doch nichts. Ich hatte ihm nichts Neues zu schreiben, es wäre nur eine Wiederholung des ersten Briefes gewesen.

»Bekümmert dich etwas?«, fragte Mama eines Tages.

»Na, nicht direkt.«

Sie sah mich forschend an. »Ist es das *Kreuzworträtsel*?«

Ich konnte ein Lächeln nicht unterdrücken.

»Irgendwie schon. Aber nicht nur das.«

»Ach? Möchtest du erzählen, was es ist?«

Ich schüttelte den Kopf.

»Wirst du es mir erzählen, wenn alles fertig ist?«

Ich begegnete ihrem Blick. »Vielleicht«, antwortete ich. »Ich weiß es nicht. Vielleicht.«

Ich lag auf meinem Bett. Auf dem Nachttischchen stand der blaue Austin. Ich streckte meine Hand aus und nahm ihn, drehte das rote Plastiksteuer und betrachtete die Räder, die herumschwenkten. Vor und zurück. Hinter der verkratzten Windschutzscheibe konnte ich die beiden Plastikfiguren erkennen. Ich hielt das Auto dichter vor meine Augen und lächelte; es war immer noch unmöglich, den Gesichtsausdruck der Figuren zu erkennen. Und ich erinnerte mich, dass ich mich manchmal, als ich klein war, fragte, ob die Figuren glücklich oder traurig waren.

Und dann dachte ich an Petr.

Und dann entschloss ich mich.

Mama saß am Küchentisch.

»Magst du auch einen Kaffee?«, fragte sie. »Es reicht noch für dich.«

Ich goss mir eine Tasse ein und setzte mich ihr gegenüber.

»Du, Mama«, fing ich nach einer Weile an. »Ich hatte vor, dieses Wochenende einen Freund zu besuchen.«

»So? Wen denn?«

»Einen Jungen aus der Schule«, log ich. »Er wohnt in Påskallavik. Ich wollte den ersten Bus nehmen. Also, am Samstagmorgen.«

»Wirst du über Nacht bleiben?«

Ihre Frage überrumpelte mich; so weit hatte ich nicht gedacht. Aber ich glaube, es gelang mir, meine Maske der Ruhe und Unbeteiligtheit aufrechtzuerhalten.

Ich begegnete ihrem Blick.

»Ich weiß nicht«, antwortete ich. »Wir haben noch nicht darüber gesprochen. Es hängt davon ab, wie spät es wird.«

Mama lächelte. »Was wollt ihr machen?«

Ich zuckte mit den Schultern. »Nichts Besonderes. Zusammen sitzen und quatschen. Platten hören und so.«

»Das hört sich schön an«, sagte Mama. »Ich hoffe, ihr habt Spaß.«

ZWEIUNDZWANZIG

Der Busfahrer drehte sich um und winkte mir zu. »Hier ist es«, sagte er.

»Danke für die Hilfe«, sagte ich und stand auf.

Der Bus hielt an. Die Türen öffneten sich. Und ich stieg aus.

Ich stellte die Tasche ab und sah mich um. In einem Garten, einige hundert Meter von der Haltestelle entfernt, erhob sich eine gigantische Statue; eine Menschengestalt in schimmerndem Blau. Fast dieselbe Nuance wie mein alter Austin, dachte ich. Ein blauer Junge aus Glas.

Ich kramte die Karte aus der Tasche hervor. Der Garten mit der Glasstatue war mein Wegweiser. Ich sah auf die Karte, dann drehte ich mich um und zählte die Seitenstraßen.

Es war ein kleines Holzhaus in einem schattigen Garten. Fast wie ein Sommerhaus.

Ich stand vor dem Gartentor. Eine verschnörkelte aufgemalte Fünf auf dem Briefkasten sagte mir, dass ich richtig war. Mit zitternder Hand öffnete ich das Gartentor.

Es fühlte sich unwirklich an. Ich las den Text auf dem Namensschild neben der Klingel wieder und wieder. Eine lange Weile stand ich vor der Tür und traute mich nicht zu läuten.

Das Bellen eines Hundes schreckte mich auf. Ich drehte mich um. Auf der anderen Seite des Weges stand eine alte Dame und sah mich an. Ihr fetter Hund bellte und zog an der Leine.

Ich drehte ihnen den Rücken zu und klingelte.

Nichts passierte.

Ich klingelte noch einmal. Und der Hund bellte.

Gerade, als ich den Knopf zum dritten Mal drückte, wurde die Tür geöffnet und Petrs dunkle Augen starrten mich verärgert an.

Blitzschnell veränderte sich sein Gesichtsausdruck. Er schien völlig überrascht.

»Hallo«, murmelte ich.

»Mein Gott!«, seufzte Petr.

Der Hund bellte böse.

Petr beugte sich vor und sah zu der Dame mit dem Hund hinüber.

»Komm rein!«, kommandierte er und öffnete die Tür, um mich vorbei zu lassen. Erst da bemerkte ich, dass er fast nackt war. Er hatte nur ein Handtuch um die Hüften gebunden.

Verwundert betrachtete ich seinen Körper. Die Narbe – die sich von seiner linken Hüfte über den Brustkorb fast bis zur linken Brustwarze erstreckte – sah aus wie ein enormer Handabdruck. Und die Haut mit der merkwürdigen Farbe schimmerte leicht. Wie Seide.

Petr schloss eilig die Tür und starrte mich an.

»Ich … ich bin Jonas«, stammelte ich. »Pauls Bruder.«

Er machte einen Schritt zurück und murmelte etwas, das sich wie *Kruzifix* anhörte.

»Ich war gerade auf dem Weg zur Dusche«, murmelte er. »Ich wollte …« Er beendete den Satz nicht.

»Störe ich dich?«, war alles, was mir einfiel.

»Stören?«, wiederholte er. »Das weiß ich doch nicht. Noch nicht.« Er versuchte zu lächeln.

Ich versuchte, meinen Blick von der sonderbaren Narbe zu wenden.

Petr seufzte.

»Entschuldige! Ich war völlig baff, als ich dich gesehen habe. Ich hatte nicht erwartet, dass … Ach, komm rein! Du kannst hier ablegen. Und dann kannst du dich ins Wohnzimmer setzen, während ich dusche.«

Ich nickte. Ich war peinlich berührt.

Petr ging mir ins Wohnzimmer voran.

»Wenn du magst, leg eine Platte auf«, sagte er und zeigte auf die Stereoanlage. »Ich bin gleich so weit.«

Die Situation kam mir immer noch etwas unwirklich vor. Ich ging in seinem Wohnzimmer herum, betrachtete die Bilder und Schmuckgegenstände, las die Buchrücken und ging seine Schallplatten durch. Als ob ich hierher gehörte, als ob ich hier zu Hause wäre. Oder als ob ich jemand anderes wäre.

Ich wählte zufällig eine Platte aus und war plötzlich von einem dumpfen Chor umgeben. Fremde Worte zu einer magischen Melodie. Meine Hände hörten auf zu zittern. Ich setzte mich aufs Sofa und schloss die Augen.

»Jonas?«

Ich zuckte zusammen. Er stand an der anderen Seite des Couchtisches. Ich hatte ihn nicht kommen gehört. Doch jetzt war er hier. *Petr je tady.*

»Habe ich dich erschreckt?«

»Nein.«

Ich sah ihn an, während er sprach, und ich erkannte ihn wieder von den Fotografien aus dem Fotoalbum meines Bruders. Sein Gesicht war etwas kräftiger als damals, als Paul ihn in Kammarviken fotografiert hatte. Aber das Profil war dasselbe. Und die dunklen Augen.

»Du musst entschuldigen, aber ich war wirklich schockiert, als ich die Tür öffnete.«

»Dachtest du, es sei Paul?«

Petr lächelte. Das Lächeln war dasselbe wie auf dem Foto. »Nein. Das nicht. Ich habe erkannt, dass du es warst. Aber ich hätte kaum erwartet, dass du hier auftauchen würdest. Wirklich nicht.«

Ich sah weg. Petr ging zur Stereoanlage und drehte den Ton herunter.

»Wie lange hast du vor zu bleiben? Ich meine, willst du… hast du vor, bald wieder nach Hause zu fahren?«

»Ich weiß nicht«, murmelte ich. »Ich wollte dich nur treffen.«

Er sah mich eine Weile an. Dann lächelte er. »Du, Jonas«, begann er. »Ich wollte mich eigentlich nachher mit einem Arbeitskollegen treffen. Aber ich werde ihn anrufen und sagen, dass ich verhindert bin. Ist das in Ordnung? Ich meine, dann hätten wir etwas Zeit, um miteinander zu reden, du und ich.«

Ich nickte nur.

Petr lachte auf und setzte sich neben mich. »Schau nicht so bekümmert«, bat er. »Ich bin nicht gefährlich. Und auch nicht verärgert. Auch wenn du das glaubst. Ich war nur so unglaublich verblüfft, als ich dich sah.«

Er streckte seine Hand aus und berührte meinen Arm. »Ich wollte dir wirklich auf deinen Brief antworten«, fuhr er fort, »aber ich wusste nicht, was ich schreiben soll. Du hast geschrieben, dass du über deinen Bruder sprechen willst. Dass du etwas über deinen Bruder erfahren willst. Aber ich war mir nicht sicher, ob *ich* von ihm erzählen will. Es ist schwierig für mich, das musst du verstehen. Es ist immer noch schwer, an Paul zu denken. Aber … wir können es versuchen. Jetzt, wo du schon mal da bist.«

DREIUNDZWANZIG

Nachdem wir Kaffee getrunken hatten, führte Petr mich in dem kleinen Haus herum. Hin und wieder blieb er stehen und erzählte etwas zu einem Bild oder was immer wir uns gerade ansahen. In seinem Arbeitszimmer hingen zwei ovale Rahmen.

»Das sind meine Eltern:«

»Adam und Daniela«, sagte ich.

Petr lachte verwundert. »Woher weißt du das?«

»Ich habe es irgendwo gelesen.«

Petr starrte mich an. Dann lächelte er plötzlich. »Aha! Ich glaube, ich verstehe.«

Ich lächelte etwas geniert.

»Du hast Pauls Tagebuch gelesen, oder?«

Ich nickte. Petr lachte, seine dunklen Augen funkelten. Einen Moment. Dann veränderte sich sein Gesichtsausdruck.

»Gott, wie ihr euch ähnelt«, murmelte er.

Ich sah zu Boden. »Entschuldige. Ich … ich wollte nicht …«

Wir saßen nebeneinander auf dem Sofa im Wohnzimmer. Ich hatte die Fotografien aus Pauls Schatzkiste hervorgeholt und sie Petr gezeigt. Ich hatte von meinem Bruder erzählt, wie mein Bild von ihm sich über die Jahre hindurch verändert hatte. Und ich hatte erzählt, wie ich das Tagebuch und die Fotografien gefunden hatte.

Petr lachte. Ich begann, mich ruhiger zu fühlen.

»Du bist ja ein richtiger Sherlock Holmes«, sagte er. »Wann war das eigentlich?«

»Das ist ziemlich lange her«, sagte ich und dachte nach. »Nein, vielleicht nicht ganz so lange. Zuerst habe ich die Fotos gefunden, dann das Tagebuch.«

»Soso. Und erst da hast du das gefunden, dem du entnehmen konntest, dass ich existiere, oder?«

Ich war verwirrt über seine Art zu fragen. »Irgendwie schon.«

»Das war eine kryptische Antwort. Was *bedeutet* das?«

Ich räusperte mich und hustete, um Zeit zu gewinnen. Aber trotz meines Zögerns spürte ich, dass ich Petr nicht anlügen wollte – nicht anlügen *konnte*. Ich wollte die Wahrheit nicht einmal umschreiben oder versuchen, sie zu verschönern.

»Ja, erst als ich Pauls Tagebuch las, erfuhr ich etwas über dich. Aber du hast gefragt, ob ich erst da von deiner Existenz erfahren habe, oder?«

Er nickte und sah mich verwundert an.

»Das habe ich nicht dort erfahren«, fuhr ich fort. »Ich habe lediglich erfahren, dass es dich gegeben *hatte*. Denn Paul dachte, du wärst bei dem Brand ums Leben gekommen.«

Ich sah, wie er erblasste. Er verbarg das Gesicht in seinen Händen und murmelte irgendetwas. Einen Moment konnte ich nichts anderes tun, als zu warten. Aber dann brach ich das Schweigen. »Möchtest du, dass ich erzähle? Wieso Paul dachte, du wärst tot?«

»Ja.«

»Paul wartete am Strand auf dich, aber weil es so lange dauerte, entschloss er sich, zu dir nach Hause zu fahren. Er kam kurz nach der Feuerwehr und dem Krankenwagen an. Und dann sah er den verbrannten Körper auf einer Trage ... Das Krankenpersonal bedeckte den Körper in dem Moment, als Paul ihn bemerkte, aber er konnte noch die Beine unter der Decke hervorstehen sehen. Er sah deine roten Sportschuhe, Petr.«

»Oh Gott!«, murmelte Petr und setzte sich auf. Seine Augen füllten sich mit Tränen, und er murmelte dieses Wort, das wie Kruzifix klang.

»Das war doch nicht *ich* auf der Trage«, fing er an, er war dem Weinen nah. »Das war doch Mama. Sie hatte wahrscheinlich ihre Sportschuhe an. Sie sahen wie meine aus. Aber das war doch nicht *ich*. Ich war schon auf dem Weg ins Krankenhaus, als man sie fand. Sie war im Obergeschoss. Warum hat er nicht das Krankenpersonal gefragt? Sie hätten es ihm gesagt. Sie hätten doch erklären können, dass … Oh, mein Gott! Er glaubte also, ich sei tot …«

Einen Moment saßen wir schweigend da. Ich wollte ihm etwas Tröstendes sagen, aber wusste nicht was. Stattdessen bat ich ihn, von dem Brand zu erzählen.

»Es brannte bereits, als ich mich dem Haus näherte«, fing er an. »Hinterher, im Krankenhaus, habe ich erfahren, dass ein Nachbar die Feuerwehr gerufen hatte. Aber sie war noch nicht da, als ich kam. Deshalb habe ich den Brand auch nicht gleich bemerkt. Ich roch keinen Rauch oder dachte zumindest nicht daran. Als ich die Flammen sah, verlor ich die Kontrolle über mein Fahrrad. Ich fuhr voll auf einen Stein oder einen Ast und stürzte. Ich verknackste mir den Fuß beim Fallen.« Er kicherte. »Es ist schon beinahe komisch, wenn ich jetzt daran denke. Ich konnte kaum gehen, sondern hüpfte – mehr oder weniger – auf einem Bein zum Haus. Ich wusste, dass Mama im Obergeschoss war, und ich musste sie retten. Ich war der Einzige, der sie retten konnte. Es war völlig dunkel vor Rauch, als ich rein kam. Ich stürzte auf der Treppe, schlug mit dem Kopf auf die Stufen und wurde wahrscheinlich ohnmächtig. Dann erinnere ich mich an nichts, bis ich im Krankenhaus aufwachte.«

»Wann hast du erfahren, dass deine Mama tot war?«

»Am Abend. Papa und ein Psychologe kamen in mein Zimmer und erzählten es. Allerdings hatte ich bereits das Schlimmste befürchtet. Ihre Worte bestätigten mir nur meine Befürchtungen.«

Petr lehnte sich auf dem Sofa zurück und strich sich mit den Händen durchs Haar.

»Und Paul? Wann hast du erfahren, dass er tot war?«

»Puh! Einige Tage später. Ich lag noch auf der Intensivstation. Papa hatte von dem Unglück gelesen. Und ich glaube, einer seiner Arbeitskollegen hatte ihm erzählt, wer von dem Zug überrollt wurde. Dass es Paul war.«

»O Gott, wie schrecklich«, flüsterte ich. »Du hast also zwei der Menschen verloren, die …«

»Ja«, seufzte Petr. »Es war entsetzlich. Einfach entsetzlich.«

Er betrachtete das Foto von Paul auf dem Weg aus dem Badezimmer.

»Ist das bei dir zu Hause aufgenommen?«, fragte ich.

»Ja. Ich machte das Bild am Morgen nach unserer ersten gemeinsamen Nacht. Gott, war ich verliebt in ihn. Ich fand, er war wunderbar. Er war schön und … beinahe magisch.«

»Wie ein *Princi*.«

Petr lachte.

»Ja, wie ein Princi.« Jetzt funkelten seine Augen wieder. »Du weißt sicherlich alles über uns zwei? Oder?«

Ich zuckte mit den Schultern.

Petr berührte meine Wange.

»Ich bekam beinahe einen Schock, als ich dich zum ersten Mal gesehen habe«, erzählte er. »Ich finde, ihr seid euch sehr ähnlich. Es war fast so, als ob ich Paul wiedergesehen hätte. Aber jetzt, wo du hier so nah bei mir sitzt, sehe ich, dass ihr nur entfernt ähnlich seid. Wie Brüder eben.«

»Was meinst du? Hast du mich schon mal früher gesehen?«

»Ja. Im Sommer. Auf dem Friedhof. Ich …«

»Dann bist du es gewesen, der Blumen auf Pauls Grab gestellt hat?«

Petr nickte.

»Ja, das war ich. Ich bin einige Male an seinem Grab gewesen. Manchmal nur, weil ich zufällig in der Gegend war. Aber diesen Sommer hatte ich mich schon vorab entschlossen, sein Grab am Jahrestag seines Todes zu besuchen.« Er lachte auf. »Ich fühlte mich fast ertappt, als ich euch auf den Friedhof kommen sah. Als hätte ich irgendetwas Ungesetzliches oder Verbotenes getan.«

»Du hast uns kommen sehen?«

»Ja. Gerade als ich aufstand, sah ich euch durchs Tor hereinkommen. Einen Moment stand ich nur da und starrte. Auf dich. Dann drehte ich mich um und ging durch das andere Tor hinaus. Ich wollte nicht, dass ihr mich seht. Ich ... ich wollte dich nicht sehen.«

Wir redeten viele Stunden, Petr und ich. Über Paul.

Er gab mir weitere Einzelheiten über das, was ich bereits wusste, und er erzählte einiges, das ich noch nicht wusste.

»Hat Paul Tschechisch gelernt? Ich meine, sodass er es wirklich sprechen konnte?«

Petr schüttelte den Kopf. »Nein«, antwortete er. »Er hat nur einzelne Worte und Sätze gelernt. Was ich ihm beigebracht hatte.« Er lachte auf. »Ich fand immer, er klang wie ein kleines Kind, wenn er etwas auf Tschechisch sagte. Es lag nicht an seiner Aussprache. Im Gegenteil. Aber er sprach wie ein kleines Kind. Erst viel später habe ich begriffen, dass es an *meiner* Art Tschechisch zu sprechen lag. Paul machte mich ja nur nach. Ich war ja noch ein Kind, als wir aus Prag fortzogen. Zuerst nach Hamburg und dann hierher nach Schweden. Und hier habe ich nicht gerade häufig Tschechisch gesprochen. Mama und Papa wollten so schnell wie möglich Schwedisch lernen. Und so blieben meine Tschechischkenntnisse begrenzt. Man kann schon sagen, dass meine Sprache auf dem

Niveau eines Kindes blieb. Aber erst, als *er* die Worte auf *meine* Weise aussprach, bemerkte ich, wie kindisch das klang. Verstehst du, was ich meine?«

»Ich glaube schon«, antwortete ich und gähnte.

Petr streichelte meine Wange.

»Du Ärmster«, flüsterte er. »Wir sitzen schon eine Ewigkeit und reden. Wir sollten uns den Rest der Geschichte vielleicht für ein anderes Mal aufheben. Wenn du findest, dass es langweilig wird.«

»Gar nicht. Das finde ich nicht«, antwortete ich und räkelte mich. »Ich fühle mich nur ein bisschen dösig. Übrigens gibt es eine Sache, die ich dich fragen muss.«

»Ach, wirklich?«, Petr lachte. »Ich finde, du fragst schon die ganze Zeit.«

»Ja, ich weiß. Aber über diese Frage habe ich so lange nachgedacht. Die anderen fielen mir erst beim Reden ein.«

Er lächelte. »Nun? Wie lautet deine Frage?«

»Also, ich frage mich, was am Freitag, den 20. September 1968, um zehn Minuten nach zwölf geschehen ist?«

Zuerst starrte er mich nur an. Dann fingen seine Augen zu funkeln an. »Bist du verrückt?«, scherzte er. »Glaubst du, ich sei eine Art lebende Datenbank?«

Ich musste auch lachen. »Ja, schon. Irgendwie.«

»Ah ja. Dann muss ich wohl mal überlegen. Mal sehen, der 20. September 1968?«

»Genau.«

»Und es war ein Freitag?«

»Ja. Zehn Minuten nach zwölf.«

Petr lächelte und überlegte. »Nun, zunächst kann ich sagen, dass es der Tag vor meinem Geburtstag war. Es muss also der letzte Tag als Vierzehnjähriger gewesen sein.«

Seine Augen funkelten. Aber dann gefror sein Lächeln.

»Ach so«, sagte er leise. »Jetzt verstehe ich, was du meinst. Es war das erste Mal, dass ich Paul gesehen habe.«

»Und?«

»Vor dem Speisesaal seiner Schule. Daran habe ich schon lange nicht mehr gedacht. Er stand da und betrachtete irgendetwas auf dem Boden. Er war so schön.«

»Ich wusste es!«, rief ich aus.

»Was?«

»Paul hat darüber in seinem Tagebuch berichtet. Du hast diese Sache erzählt, als Paul zum ersten Mal bei dir übernachtete. Allerdings war Paul sich nicht sicher, ob du ihn auf den Arm genommen hast oder nicht. Erinnerst du dich, Petr?«

Er nickte schweigend.

»Deshalb wollte Paul in seinem Tagebuch nachsehen. Um zu erfahren, was er an jenem Tag gemacht hatte.«

»Stimmt«, murmelte Petr.

»Aber ich habe nur Pauls viertes Tagebuch gefunden, deshalb kann ich nicht nachsehen, was er dort auf dem Boden gefunden hatte. Kannst du dich erinnern, was es war?«

Petr holte tief Atem. »Ja, Jonas. Daran erinnere ich mich. Ich erinnere mich sehr gut. Obwohl ich schon lange nicht mehr daran gedacht habe. Paul hatte einen Hirschkäfer auf dem Asphalt vor dem Speisesaal gefunden. Einen großen Hirschkäfer. Aber irgendetwas war an ihm komisch. Irgendetwas stimmte nicht mit ihm. Ich glaube, es war einer der Flügel. Ja, genau. Der eine Flügel wirkte irgendwie schief. Deshalb beugte sich Paul hinunter, um ihn näher zu betrachten. Er ließ ihn auf seine Hand krabbeln, damit er den Flügel besser betrachten konnte. Den kaputten Flügel. Und während er so dastand mit seiner ausgestreckten Handfläche und den Hirschkäfer betrachtete, erhob sich dieser und flog auf und davon in Richtung der großen Bäume hinter dem Parkplatz.« Petr machte eine Pause und wirkte plötzlich traurig. »Er war so schön, Paul.

Ich stand am Kiesweg – auf halbem Weg zum Parkplatz – und beobachtete ihn. Den Hirschkäfer konnte ich nicht sehen. Ich war zu weit weg. Ich sah nur Paul. Und seine Bewegungen. Wie er dastand und auf den Boden schaute, wie er dann in die Hocke ging, ohne sich mit den Händen abzustützen. Und wie er dann wieder hochkam. Er hielt seine Handfläche direkt unter seinem Gesicht. Es sah aus, als würde er seine Hand betrachten. Und plötzlich ging sein Blick gen Himmel, als ob er etwas suchte, was er nicht sehen konnte. Und die ganze Zeit, die er dem Hirschkäfer mit seinen Blicken folgte, hielt er die ausgestreckte Hand direkt an sein Gesicht.«

Petr sah mich an. Und nun funkelten seine Augen wieder.

»Du begreifst, das war ein ›spirituelles‹ Erlebnis. Es war, als ob man einem magischen Tanz zusah, einer rituellen Zeremonie. Er war so schön.«

Und dann begannen die Tränen, über seine Wange zu rollen.

Es war spät am Abend, als Petr mich nach Hause fuhr.

»Du kannst gerne wiederkommen«, sagte er, als wir aus seiner Einfahrt herausfuhren. »Wenn du möchtest. Es war ja nicht so schlimm, wie ich dachte. Es war sogar schön, mit dir darüber zu reden.«

»Ich komme gerne wieder.«

Er drehte das Autoradio auf, und der Klang einer einsamen Trompete vermischte sich mit dem Prasseln des Regens auf der Windschutzscheibe.

»Magst du Jazz?«

Ich zuckte mit den Schultern.

»Geht so. Daniel hat ja fast nur Jazzplatten. Ich habe also ganz schön viele gehört. Einiges ist richtig gut, finde ich.«

»Daniel«, sagte Petr. »Paul hat immer von ihm erzählt. Das war der Jugendfreund deiner Mutter, oder?«

»Ja. Paul hat von ihm erzählt?«

»Na ja, nicht viel. Aber manchmal. Er mochte ihn.«

»Ja, ich weiß.«

Petr lachte und drehte sich zu mir. »Gibt es irgendetwas, das du nicht weißt?«

Ich überlegte einen Moment.

»Schon, eigentlich ziemlich viel. Ich weiß zum Beispiel nicht, woran Paul dachte, als er dort oben auf dem Gleis stand.«

»Nein, das weiß keiner«, murmelte Petr. »Möchtest du es denn wissen, Jonas?«

Ich schüttelte den Kopf. »Nein, ich glaube, ich möchte es nicht wissen. Ich mag das Bild, das ich jetzt habe. Von Paul, meine ich. Ich glaube, ich möchte es so behalten.«

VIERUNDZWANZIG

Petr hielt vor dem Parkplatz vor unserem Haus. Durch den Regen konnte ich erkennen, dass Licht in unserer Küche brannte.

Einen Moment lang ließ er den Motor laufen. Er sah mich an. Dann stellte er ihn ab.

Ich saß schweigend neben ihm, fühlte seine Blicke. »Woran denkst du, Klučina?«

Ich zuckte zusammen. »Was hast du gesagt?«

Petr lächelte. »Woran denkst du, Jonas?«

Ich zuckte mit den Schultern. »Weiß nicht. An alles Mögliche. Nichts Spezielles.«

Es goss nach wie vor in Strömen. Ich konnte sehen, dass irgendjemand an unserem Küchentisch saß, aber konnte nicht erkennen, ob es Mama oder Papa war.

»Du bist doch nicht traurig?«, wollte er wissen und berührte meinen Arm.

»Traurig? Überhaupt nicht. Weshalb sollte ich? Ich bin überhaupt nicht traurig. Ich finde das Ganze nur merkwürdig. Fast wie in einem Traum.«

»Wie meinst du das?«

Ich begegnete seinen dunklen Augen.

»Ich weiß nicht genau. Es ist wie … es wirkt, als würde alles ineinander fließen. Und ich bin nicht ganz sicher, was eigentlich passiert ist. Was Gedanke ist und was Wirklichkeit.«

»Meinst du das, was Paul passiert ist? Oder was jetzt passiert?«

Ich nickte. »Manchmal ist es, als ob Paul und ich ein und dieselbe Person wären. Als wären wir nur Einer. Und alles, was ihm passiert ist, passiert auch mir. Allerdings heute. Verstehst du, was ich meine?«

»Nicht richtig«, antwortete Petr. »Meinst du, das, was dir passiert, sei eine Wiederholung dessen, was Paul widerfahren ist?«

Ich überlegte einen Moment. »Es ist schwierig, das zu erklären. Es ist nur ein Gefühl. Ein fast wehmütiges Gefühl. Ich habe ein bisschen das Gefühl, mehr über Paul zu wissen, als ich wissen sollte. Ich weiß mehr über ihn, als ich erzählt bekommen habe. Es ist, als ob mein Bild von Paul nicht nur auf den Erzählungen der anderen oder auf dem beruht, was ich in seinem Tagebuch gelesen habe, sondern auch noch auf irgendetwas anderem. Als ob es noch einen anderen Weg gäbe. Von Paul zu mir, meine ich. Einen Rückweg sozusagen.«

Petr nickte. »Ja«, antwortete er. »Vielleicht tut es das. Wer weiß?«

Dann schwiegen wir. Der Regen ließ nach und kurz darauf hörte er auf.

Ich griff nach meiner Tasche und öffnete die Autotür.

Petr streckte seine Hand aus und strich mir über die Wange. »Bis bald!«

Ich stand noch auf dem Parkplatz und sah, wie Petr die Straße hinunterfuhr zur Ausfahrt der Hauptstraße, wo er aus meinem Blick verschwand.

Ich fühlte mich zerbrechlich; ich war – gleichzeitig – sowohl glücklich als auch traurig. Glücklich darüber, ihn getroffen zu haben, traurig – oder besser wehmütig – darüber, dass ich nun keine weiteren Anhaltspunkte mehr hatte bei meiner Suche nach Paul. Petr war der letzte Anhaltspunkt. Jetzt blieb nur noch ich.

Ich öffnete die Haustür. Es war völlig still in der Wohnung. Ich zog meine Jacke aus und stellte die Tasche in mein Zimmer. Aus der Küche hörte ich ein leichtes Rascheln.

Es war Papa. Er las gerade die Abendzeitung.

»Hallo!«, rief er erstaunt aus, als er mich sah. »Ich dachte, es wäre Sara, die nach Hause kommt. Sie ist vor ein paar Stunden zu Else rüber.«

Ich setzte mich ihm gegenüber.

»Hattest du Spaß?«

»Ja!«

Er legte die Zeitung zur Seite. »Ich dachte, du würdest erst morgen wiederkommen.«

»So? Ja, wir … wir hatten noch nicht bestimmt, wann ich nach Hause komme. Es ergab sich halt so.«

Und dann entstand plötzlich dieses merkwürdige Gefühl der Leere, das immer aufkam, wenn ich mit Papa allein war. Es schien, als hätten wir nichts gemeinsam. Obwohl wir Vater und Sohn waren. Ich fühlte mich irgendwie schuldig, als wäre es mein Fehler, dass wir nichts hatten, worüber wir reden konnten, dass wir einander nichts zu sagen hatten.

Eine Weile schwiegen wir. Als ob wir auf etwas warteten. Dann stand ich auf und ging ins Wohnzimmer, um Daniel anzurufen. Papa widmete sich wieder seiner Zeitung.

Ich stand mit dem Hörer in der Hand und wartete, dass er abnahm. Aber er war nicht zu Hause.

Ich legte den Hörer auf und ging in die Küche zurück.

Papa sah auf. »Hat niemand abgenommen?«

Ich schüttelte den Kopf und brummte etwas. Dann fragte ich: »Magst du auch?«, und goss mir eine Tasse Kaffee ein.

»Nein danke. Ich habe gerade eine Tasse getrunken.«

Ich fühlte, wie seine Blicke mir folgten, als ich die warme Tasse aus der Küche ins Wohnzimmer balancierte.

Nach einer Weile kam Papa herein und setzte sich in den Sessel.

»Da du ja nun schon heute Abend nach Hause gekommen bist, könnten wir doch morgen einen Spaziergang machen«, begann er. »Nur du und ich. Wenn du nichts anderes vorhast, natürlich.«

Ich sah ihn an. Ausdruckslos. »Wohin?« fragte ich. Als würde es eine Rolle spielen.

Er dachte einen Moment nach, bevor er antwortete. »Nun, wenn du möchtest, könnte ich dir den Fuchsbau zeigen, wo Paul die drei jungen Füchse gesehen hatte.«

Ich verschüttete beinahe den Kaffee. »Weißt du denn, wo der ist?«

Er nickte. »Natürlich. Wir waren zusammen dort, Paul und ich. Er zeigte ihn mir ein, zwei Wochen, nachdem er ihn entdeckt hatte. Dann waren wir mehrmals dort, bevor …« Er beendete den Satz nicht.

»Ach so, das wusste ich nicht«, sagte ich und wandte den Blick zum Fernseher und dem Foto von Paul.

»Ich weiß nicht, ob er noch benutzt wird«, fuhr Papa fort. »Ich bin in diesem Frühling nicht hingegangen. Aber vielleicht wäre es ja schön für dich, den Bau trotzdem zu sehen, oder? Und den Stein, auf den er geklettert ist, bevor er die Füchse bemerkt hatte.«

Die dünne Gardine vor der geöffneten Balkontür bewegte sich im Luftzug, die Schatten des hellen Stoffes wurden im Glas des Fotorahmens reflektiert und gaben dem Gesicht meines Bruders Leben. Er lächelte. Und sah mich an.

»Ja, das wäre schön. Das wäre wirklich toll.«

Und Papa lächelte.

Die tschechischen Wörter und Sätze

Petr je tady	-	Petr ist hier / hier ist Petr
Mému malému Princi	-	Für meinen kleinen Prinzen
Tvůj milenec	-	Dein Geliebter
Ahoj můj bratře	-	Hallo, mein Bruder
Stává se smrtelně důležitým	-	Er wurde lebenswichtig
O malém princi	-	Über einen kleinen Prinzen
Jdeš mi na nervy	-	Du gehst mir auf die Nerven
Václavské náměstí	-	Wenzelsplatz
Tvůj anděl je s tebou	-	Dein Engel ist bei dir
Krucifix	-	Kruzifix noch mal
Klučina	-	Junge
Můj malý princi	-	Mein kleiner Prinz
Hajej můj princi a spi jsou s tebou andělé tví	-	Schlaf, mein Prinz, schlafe ein, deine Engel sind bei dir (Die erste Zeile des tschechischen Textes von Mozarts Wiegenlied)

Die Textzeile »It's the time of the season when your love runs high« ist aus dem Song »Time of the Season« von Rod Argent, mit dem er und seine Band – The Zombies – im Frühjahr/Sommer 1969 einen kleinen Hit landeten.